八千子——著
CLEA——繪

回憶暫存事務所

目次

序章・扮演父女的他們

學校對面的蔥抓餅又漲價了。

上禮拜開始從四十元漲到四十五元，明明剛入學時一片餅才賣三十五元呀……

對比下來，生意肯定是沒有過去來得好，但以老闆那溫吞的個性，或許漲價是意外明智的決定，如此他就有更多時間能善待煎台上的每一塊餅。

小規模的通貨膨脹。這是宛真腦中浮現的第一個詞句。

綠色的塑膠袋放著兩片蔥抓餅，油蔥味和袋口冉冉的熱氣，依然是種微不足道的幸福。

「欸。」

接過餅的同時，背後被人推了一把。

宛真回頭，有著一頭褐髮的女孩正瞪著她，幾個穿著外校制服的男生和女生則是以讓人不適的眼神打量著她。

「今天有空嗎？」

「沒有。」

宛真不假思索地答道，而那女孩只是翻了翻白眼，向身旁的男生說：「看吧。」

其中有個男孩不死心，他扯下朋友綁在牛仔褲口袋上的車鑰匙，在宛真面前晃著鑰匙，如逗貓似地說：「這傢伙剛換新車哦。」

宛真再次搖頭，心想著該找什麼藉口推託。

朋友的視線往宛真手中的塑膠袋一瞟，隨後又看了看她，並瞇起了眼睛。

「算了吧，妳胃口有那麼好？」她對那群人說，說完，又帶著質問的語氣問宛真：「什麼時候好上的？」

這人的用字遣詞一直以來都是這麼粗俗。宛真心想。

同時也下意識看了袋中的蔥抓餅一眼。

要解釋起來很麻煩，但是老實承認以後會更麻煩。

所有事情都很麻煩。

「不能說嗎？」朋友追問，而宛真只是聳聳肩。

後面的人互相咬耳朵，宛真聽不見他們在說什麼，但有幾個男的都笑了，笑得很淫猥。

大概是覺得沒面子吧！朋友的雙頰泛紅，用手肘敲了背後帶頭嘻笑的男生一下。

那男生發出哀號，卻沒收起臉上的笑意。

「是那個吧……我有聽到傳言。」

「什麼樣的傳言？」

「妳自己不會去打聽看看嗎？還是妳在裝傻呀。話說回來，是真的有這麼好賺嗎？」

大概是抓到報復的機會，朋友露出嘲弄的笑容。

對方也在期待自己追問下去，若是不這麼做對話就無法展開。
但像這樣的對話本身就沒有持續的必要。
於是宛真什麼也沒回，準備離去。
轉身時，手又被拉住了。
「欸。」
朋友臉上浮現慍色，想裝作沒看見都不行。
「以後還有必要找妳嗎？連續幾次妳都不跟，我已經覺得有點煩了。」
確實，算上這次，是第五次。
撞球間、卡拉ＯＫ或是單純騎著機車繞著山路瞎轉，跟著朋友和她帶上的這群人能做的事情基本上就是這幾件。
與其說是無法從中再榨取一絲的快樂，不如說是打從一開始就沒喜歡過。
所以——
「不了。」宛真說。
朋友愣住了，而那群人也停止嬉鬧。
僅有煎盤上的餅滋滋作響。
女孩鬆開緊握著宛真的手，淡淡地說道：「隨便妳。」隨後推開幾個反應慢半拍的男生，走了。
那群人不知如何是好，花了幾秒才意會到發生了什麼事，最後一個女孩離開前尷尬地朝宛真點點頭後，一行人的身影消失在轉角處。

似乎又搞砸了，但宛真是故意這麼做的。比起繼續讓朋友抱持著無謂的希望，不如把態度挑明，不要再浪費彼此的時間了。

宛真對過去沒有絲毫的眷戀。

現在的她，生命有了新的目標，也有了新的生活。

她走進餐車旁的小巷，經過那棟大家總是說「今年一定會垮」卻遲遲沒垮的廢墟，再繞過矮牆旁那輛覆了層灰的本田，出了巷，一輛計程車停在大馬路畔。

一個男人站在車旁，見到她，板著臉孔朝她隨便揮了揮手。

那男人有著三郎這宛如舊時代糟老頭的名字，卻不過四十歲。左半邊的臉有明顯的燒傷，而沒有遭火吻的部分則隱約能看見難看的胎記。

雖然盯久也習慣了，但宛真也知道這半邊臉讓男人和帥氣兩字完全扯不上邊，若有路人會願意多瞧他兩眼，也是好奇怎麼會有如此其貌不揚的人。

走近男人，宛真指著小黃說：「你沒開車？」

「賣掉了。」三郎說。

「喔。」

宛真提起手中的塑膠袋，說：「拿去。」

「這下麻煩了。」三郎這才把另隻藏在背後的手伸到宛真面前，他也提著一模一樣的綠色塑膠帶，裡頭的兩塊餅散發著同樣的油蔥香味。

「白癡，你沒有讀Line吧，我不是說我會買嗎？」

「我用不太習慣。」三郎傻呼呼地笑著，又說：「不過我這邊的有加很多料，比妳的豪華多了。」

宛真搶過他手中的塑膠袋，往袋裡看去，果然看到烤得焦脆的培根夾在餅裡。

「已經夠油了還加培根……」宛真語帶笑意地說道，並把自己手上那兩份只加了起士的餅塞給三郎。

「吃飽才有力氣工作。」三郎拉開車門，向司機說道：「不好意思司機大哥久等了。」

「講得一副那裡沒飯吃似的。」宛真邊爬進車裡邊說，遲疑了一下，又探頭問道：「應該有吧？」

「廢話。」

「不過我什麼都沒準備喔。」

「不用準備。」三郎也坐進來，故意往宛真的方向挪著屁股逼近，宛真笑著推開他，嚷嚷著：「大肥豬！」

其實三郎一點都不胖，甚至對比三個月前他顯得更消瘦了——宛真不知道是不是工作的緣故，但他確實一直讓自己維持在中庸的身材。

為的就是讓自己隨時可胖可瘦，一想到這便覺得人體如氣球似地，真是不可思議。

計程車發動，GPS設在離這邊有段距離的老人安養院，車程大約是半小時。

「大叔你有好好吃飯吧。」

「三層肥肉輪不到妳操心。」

「想說不小心買了這麼多餅，倒不如都讓你拿回去當晚餐、早餐、中餐還有明天的晚餐吃。」宛真說完，咬了一口餅，她不敢吃辣，所以三郎替她買的那份除了油膏以外沒加其他醬料了。
對這些小細節特別細心是那男人為數不多的優點之一。
「哪吃得了這麼多餐。」三郎說：「等等讓妳拿著，去問阿嬤要不要吃。」
「阿嬤。」
宛真複誦了一遍。
「對了，妳說不用準備，是連化妝都不用嗎？」她問。
以往的工作，宛真總是被三郎要求不停改變外型，這大叔的化妝技術很好，一番工夫，宛真就像換了張面孔似地，連她自己都認不出來。
「不用，」大叔指著自己說：「妳看我也沒化妝不是嗎？」
「對呀，為什麼？」
「阿嬤又沒有見過妳，我只要說妳是我女兒她也只能相信。」
「那你呢？」
三郎敲了敲自己的腦袋說：「阿嬤腦筋不好。」
「連自己兒子被陌生人掉包都看不出來嗎？」
「看不出來。」
應該是阿茲海默症吧？宛真知道老人失智的原因很多，不過臨時也想不出其他可能。患上阿茲海默症除了智力下降、記憶力衰退以外，連性格都可能轉變。
即使是頑固的糟老頭都可能會因為此病症而變得溫順，真不知道對家人是福是禍。

「不過眼睛的問題比較嚴重。」三郎比出數字三湊到宛真面前，說：「才這種距離，聽說就幾乎看不見了。」

那大概才二十公分左右。

宛真想起來以前她也扮過一個近視很嚴重的女孩子，那時三郎就是這樣，在她面前伸出三根手指。

——看得見嗎？

那時宛真還不熟悉工作的內容，以為三郎在開她玩笑，再說，就算近視一千度好了，也不至於連鼻頭面前的手指有幾根都數不出來吧。

——如果妳是那孩子，這時就要說看不見。

但是三郎卻這麼告訴她。

並不是因為近視導致那女孩真的看不見，而是因為那女孩會這麼回答。

如同每一次的工作，成為少女的一個禮拜，對宛真也是很特別的經驗。

「所以只要和阿嬤保持距離，她是認不出我們的。」三郎說。

「意外的輕鬆呀。」

不過那也是對宛真自己輕鬆，畢竟「設定上」這是她第一次和對方見面，換作是三郎大概就沒這麼容易了。即使老人家失智，也不代表會忘記所有回憶，若是想便宜行事而做出不符合老太婆兒子的行為，那這份工作就沒有意義了。

當然三郎是絕對不會犯這種低級錯誤的。

「那家屬是怎麼說的？是想要阿嬤的錢嗎？」

「不……阿嬤自己沒什麼錢，連在養老院的費用都是大兒子付的。」
「你是大兒子？」
「不，我是小兒子。」
「哦。那客戶是？」
「小兒子。」
有閒錢委託人假扮自己，卻連抽空來探望老母親的時間都沒有呀！真難理解有錢人的想法。
由於三郎的堅持，若不是客戶主動提起，他也不會過問委託人的動機，而這陣子以來跟著他工作的宛真也漸漸明白到只要是和工作內容無關的問題就沒必要打聽，畢竟家家有本難念的經──此時似乎也沒有比這句話更好的註解了。
「錢收得不少吧。」
「還挺多的。」三郎咧嘴一笑。「不過這次沒妳的份。」
「小氣鬼。」
「是妳上次說要找機會賠罪的。」
宛真沒回話，專心吃著餅，蔥抓餅裡的起司都沉積在下面了，黏在紙袋上，不吃很可惜，但伸手去挖又會弄髒手。
三郎看到盯著紙袋發呆的宛真，伸手道：「我幫妳摳。」
「不要！髒死了。」宛真把剩下一兩口的餅拿得遠遠的，朝三郎吐了吐舌。
想了想，用下巴指著三郎的手說：「還沒好嗎？」

三郎抽回手，動了動自己那根發腫的食指，說：「這是後來搬東西不小心壓到的。」

「啊，笨手笨腳。」

「妳才沒資格說別人。」

宛真吃掉剩下的餅，不管嘴裡塞滿東西，繼續說道：「知道不是我害的就放心了，不然還不知道要幫你打多少次零工才賠得起。」

「以後也沒機會啦。」

這麼說也是。

不過宛真沒把這句話說出口。

「那……目的是什麼？」

「什麼目的？」

「老婆婆的小兒子呀，拜託大叔去找他母親，總是有什麼話想說吧。」

「他要搬家了。」

委託人說，下個月就要搬到美國去了，沒辦法把母親一起帶過去，再說母親有大哥提供的生活費，與其讓老人家拖著年邁的身體搬到一個人生地不熟的地方去不如讓她繼續留在熟悉的土地過日子。

「美國呀……」

「去過嗎？」

「小時候跟家人去過，不過沒什麼印象了。連是去東岸還是西岸都搞不清楚。」

宛真知道三郎沒出過國，但就算講起美國的事他也一副興致缺缺的樣子。所以她決定把話題再帶回來。

「只要有錢的話，想飛回來隨時都可以吧。」

「是啊。」三郎說：「只不過還是會擔心。」

「擔心？」

「擔心下次人是不是就不在了。」

既然如此，不是更應該親自向母親道別嗎？

但宛真只是輕輕地「喔」了一聲。

所以就說，這是有錢人的思維了。

「那小孩呢？」宛真指著自己說：「你說，阿嬤從來沒見過自己的孫女吧。」

「畢竟她本來就沒有嘛。」三郎一副所當然的樣子。

「咦？」

「老母親擔心孩子都三、四十歲了還沒成家，所以趁最後一次見面讓她看看自己的孫女，這樣也能讓她老人家安心。」

「原來我是這種角色呀。」

難怪三郎說什麼都不用準備。

不僅沒見過面，老婆婆連對自己孫女的存在都一無所知。

這是當然的，畢竟是只存在一個下午的孫女。

「太太咧？你老婆呢？」

「沒有這種東西。」三郎很快回道：「你又不是不知道一直以來我們都面對人手不足的問題。」
他像鬧脾氣的小孩子般咕噥道，這讓宛真更想欺負他了，忍不住捏了捏他的臉。
「因為你長得醜嘛，不會有人願意扮成你太太的。」
「因為我太醜啦！」
三郎不會介意也不會反抗，他知道宛真沒有抱持著絲毫惡意，而宛真也討厭用同情的態度去面對三郎的自卑感。
「其實你問的話，也不是不行。」
宛真稍稍低下頭，努力讓自己的語氣聽來平順，而在三郎接話前她又開口：「比起小孩，應該先考慮妻子吧？去這一趟只帶小孩不是反而讓老人家更擔心嗎？」
「嗯。」
「這又是第一次見面，怎麼看都很奇怪，如果我是老阿嬤就會覺得你是不是跟老婆離婚還是分居了，客戶沒有想到就算了，你自己規劃時也沒考慮到這一點嗎？以為你總是考慮得很周全，沒想到連這麼簡單的道理都不懂！」
宛真感到臉頰一陣燥熱，不協調的尷尬感讓她話說得越來越快，甚至連她自己都不太清楚在說什麼了。
「這樣好像變成我佔你便宜。」三郎回道。
「你又不是那種人……」
「妳又知道了？」

「給過你機會，你自己放棄了，不是嗎？」

這句話成功堵上三郎的嘴。

不過宛貞並不想讓他輕易投降。

「這次不也是這樣？」

「……我才沒有想到那種事。」三郎吞了吞口水說：「我不想用那種眼光看妳。」

「已經開始了嗎？」宛真故意把身子貼近三郎，在他耳邊低聲道：「爸爸。」

「等等妳千萬不要用這種聲音叫我。」

三郎的反應很有趣。

換作是其他人，宛真大概一輩子都不會開對方這種玩笑，她不是真的如三郎所認為的那般單純，她以前的朋友、和朋友關係好的那群男生是怎麼樣的人、心裡又在想什麼，她還是知道的。

如果三郎再輕浮一點、再稍微有點自信，那她大概就連和他說話的興致都提不起。

計程車穿過一排又一排的住宅區，爬上山坡，經過小廟，那是個相對市區偏僻的地方，與城市維持著若即若離的曖昧距離。

司機的頭不時偏向導航，當宛真沒有在和三郎聊天時，他就會抓住機會和三郎寒暄，好像這輛車不適合沉默似地，總得要讓人聲充盈在空氣中，而就算宛真與三郎從頭到尾都只顧著講自己的事，司機的話題卻永遠都能巧妙地避開兩人剛才那段聽來怪異的談話，就好像此時此刻的每句話都只是服務的一環罷了，一旦乘客下車，他們便會自動自發地收拾好灑落在位子上的所有八卦。

似乎又繞過了一個區，或是鄉，宛真已經不知道這裡是哪裡了，對這裡的記憶，就像是在遙遠美國的無名堤岸，而她只是繼續追逐著風景，一邊聽著那兩個男人瑣碎的閒談。

計程車最後停在某棟還算氣派的建築旁，大概五層樓高的房子，有一片不錯的庭園，石板路和修剪整齊的草坪用小灌木叢隔開來，看護推著老人，三三兩兩地漫步在園中。

三郎付了車錢，宛真跟在他後頭下車，關上車門，瞥了司機一眼，前一秒兩人還有說有笑的，下一秒司機臉上已無任何表情。

「走吧。」三郎把手搭上她的肩膀。

走進安養院，三郎向櫃檯的服務員出示證件，宛真總覺得光是應付櫃檯的人就得耗上好一陣子，便自己走到販賣機前投了果汁解渴。

幸運的是，三郎並沒有花太多時間，當宛真問起三郎是怎麼唬過櫃台人員時，三郎只是故弄玄虛地說：「商業機密。」

平日鮮少有家屬來訪，更遑論是宛真放學後的日暮時分了，他們似乎是趕在安養院謝絕會客前的最後半小時抵達的，晚霞前的陽光灑落在廊上，宛真跟著三郎，與幾名老人擦肩而過，那些老人正談著政治相關的話題，幾個還算熟悉的名字傳進宛真耳裡。

宛真想牽起三郎的手，但想想自己扮演的可不是個十歲的小女孩，到她這年紀，大概沒人會跟自己的父親牽手了。

——好噁心啊！

應該要用力甩開老爸的手然後跑掉才對？是嗎？

宛真不曉得正確答案，畢竟她還沒熟悉與家人的距離。

走走停停的，沿途三郎停下來看了好幾次路，整間安養院如迷宮似地，至少對路痴而言。

「你這樣就等同告訴別人你一次也沒來看過阿嬤。」宛真挖苦道。

「我聽說阿嬤換過房間了嘛，上個月來是在三樓，這次就跑到五樓去了。」

三郎故意提高音量，幾個好奇回頭的老人沒聽到什麼有趣的話題又把話匣子轉回他們喜歡的政治上，雖然三郎也知道這對任何人都是耳邊風，但他不想擅自被人當不肖子。

他朝宛真使了個眼色，宛真只是露齒一笑。

費了些工夫才到老婆婆的房間，門牌寫著房號以及老婆婆的名字。

「單人房？」

三郎點點頭。「所以很貴。」

「反正是大伯出錢。」

宛真這麼說，這次她沒有諷刺三郎的意思了，畢竟，這不過是逢場作戲。

房間裡，一個年約八十的老婦人坐在床上。相對而言，三郎的年紀似乎太小了，這讓兩人當起母子有點突兀。

不過三郎還是喊道：「媽。」並拉了張老人床鋪旁的圓凳子逕自坐下來。

不愧是豪華單人房。宛真在心中感嘆。有自己的電視和招待訪客用的沙發椅和茶几。她不知道安養院的收費標準，但以前爺爺生病時住的大醫院病房也是這種格局，一天收費要好幾千元。

三郎和老人的對話有一搭沒一搭地接續著，宛真處在這空間覺得自己像是多餘的，明明三郎自己也是，為什麼他卻能一副理所當然的樣子待在這呢？

「媽，你沒看過宛真吧。」

沒有化名也沒有任何掩飾的意思，三郎向老人介紹自己——用宛真的本名介紹她。

三郎招招手，要宛真過去打聲招呼。

與老婆婆見面前，她沒有被給予任何指示，這讓她不知道該做什麼，只能靦腆地點點頭。

老人看起來很開心，即使是爬滿皺紋的臉上那陷進去的雙唇還是能看出老婆婆的笑容。她稍稍挪了挪手，宛真知道她大概是想碰碰自己，於是也握著婆婆的手。

「阿嬤。」宛真試著發出聲音，但聽起來總是有點古怪。

不過老人並不在意，或至少沒顯露出在意的樣子，她依然笑著，目光至始至終都放在宛真身上。

似曾相似的光景也曾上映在她的視野中，比起違和感，更像是懷念，她也有過類似的記憶，所以她才會想起醫院，還有那些與她擦肩而過的老人。

爺爺過世前，那段說長不長說短不短，在病房內度過的日子便是如此。她不確定爺爺還記不記得她，畢竟他住進醫院後就再也沒叫過孫女的名字了。

如今這名素未謀面的老人讓她想起爺爺，但那終究是太過淡泊的記憶，除了回應老人，握緊她的手，宛真也不知道該作何反應。

她甚至不知道何時該鬆開老人的手，只好看向三郎，三郎朝她笑了笑，像是在說：「別想這麼多。」

這是個微不足道的舉動，卻足以讓她感到混亂。例如老婆婆看著她時，她得用什麼樣的表情回應？三郎和母親談話時，在一旁的她是找個藉口離席好呢？還是繼續坐在那聽著三郎自顧自地說個沒完？

就連現在，僅僅是鬆開手都足以讓她考慮半晌。那是個充滿罪惡感的行為，好像老人的病症就是因為神經被這一舉一動撥開了弦而產生似的，此刻鬆開婆婆的手似乎會失去某些無可挽回的東西。

忍不住瞥了眼牆上的時鐘，時間還早，從踏入房間到現在，也才過去五分鐘而已。

明明過去的工作比這次都還要困難，每次三郎都要她記不少細節還得畫上厚厚的妝、用聽不慣的嗓音說話、學習他人慣有的儀態。她描繪著那些她不認識的人、揣摩著她們的一舉一動，閉上眼、深呼吸後，她便不再是宛真。

只有這次，她失去了仿效的模板，要扮演一個從來都不存在的人物。她不確定該怎麼做。

後來老人鬆開了手，於是她也趁著三郎不注意時把手收回去。

宛真臨時找了個藉口，說是自己明天還有考試，想看點書，便離開老人身旁的位置。「爸，你們慢慢聊。」她說著，並坐到窗邊的沙發椅上，拿出那本放學前隨手塞進書包裡的參考書，手握著的筆桿輕輕劃破紙面，漫無目的的遊走。

她很仔細地聽著兩人間的對話，比在計程車上時還要認真聆聽，不過那樣的內容到底能不能算是對話呢？實際上她從頭到尾都只有聽見三郎的聲音。

不，有時候，在非常不經意的時候老婆婆是有開口的，只是宛真聽不懂婆婆說了些什麼。宛真聽得懂臺語，但她知道老婆婆說的不是臺語，乍聽之下反而像是胡亂的音節拼湊起來，如牙牙學語的孩子般咿呀著無意義的聲符。

反覆幾次，幾次反覆，這是三郎第三次談到他和妻小去美國大峽谷的事了。他的言詞很空洞，盡是說些好壯觀、好雄偉等看著明信片就能想像到的台詞，但宛真卻希望，也願意他所說的一切都是真的。或許，她連同老人的份也義無反顧地相信著。

她仍握緊著筆，偶爾能感受到老婆婆投來的視線，但宛真知道她什麼也看不見，所以並不是太在意。

安養院的路燈點亮了，不早不晚的半調子天色，讓那盞燈看來有些催眠，三郎的聲音斷斷續續傳入耳裡，有時收訊不良，聲音會完全消失留下幾秒鐘的空白，而睡意便還在此時恣意增長。

可能過了很久——至少不會僅有五分鐘，當宛真回過神時，三郎已經不見了。

留下坐起身的老婆婆，正木然地看著她。

「阿嬤，爸爸去哪裡了？」

宛真問，但老人只是對她笑了笑。

她慌張地站起身，不小心弄翻了桌上的講義，連掛在椅背上的書包都掉下來，裡頭的書灑了一地。

禍不單行，追根究底還是因為人往往在慌忙時容易出錯。

「我去找爸爸。」也不知道說了有沒有用，但宛真還是說了，老人似懂非懂地點了點頭，目光卻擺在散落一地的書上。

一跑出去，正好和三郎撞個滿懷。

「上廁所？」三郎笨拙地搔著頭說。

「不是啦……白癡。」

宛真接著問道：「你剛剛去哪了？」

「去跟院方說能不能讓我們再多待幾分鐘。」

「行嗎？」

「不行。」

「嗯。」

「我不在時阿嬤有跟你聊天嗎？」

宛真隨便點了點頭。

「才怪，妳明明就在睡覺。」

「那你問屁。」

宛真轉開門，推著三郎回房間，看見老婆婆正替自己撿起散在地上的教科書，急忙跑到她身旁，把書迅速地收拾好。

老人將宛真方才讀的那本參考書遞給她，又對她笑了笑，依然一句話也沒說。

這讓宛真有些錯愕，慢了幾拍才小聲回道：「謝謝。」

她緊握著拳，看著三郎攙扶著婆婆回到床上，想著自己是不是該像個孫女般對婆婆親切點，但動作一直跟不上持續空轉著的腦袋，於是只能怔怔地看著兩人。

「媽，等等我們就要走了。」

三郎說，老人沒有回答，而是看著宛真。

「大哥會來看妳，如果妳想他的話，去跟護士說，她會幫妳打電話給大哥。」

老人沒有回答。

「護士！知道嗎？就是來照顧妳的人，她認識大哥！」

三郎提高音量，老婆婆這才轉過頭，瞪著三郎。

瞪了好一陣子。

「我和宛真會搬去美國，美國！」

而她依然瞪著三郎。

「我們住在那邊很好，所以不要擔心，知道嗎？」三郎幾乎如叫喊般地說著，最後又像是刻意強調般地補充道：「不要擔心我們！」

這次老人終於有了反應，她點了點頭，非常微小的幅度，但宛真覺得老婆婆她應該是確實聽見也聽明白了。

然後，她又看向宛真。

這次宛真不再多想，她走上前，緊緊抱住婆婆。

「再見，阿嬤。我會常打電話給妳……」

宛真很想這麼說，所以她沒有再猶豫，說了。只是她知道這是謊話，於是又補上一句：「我會想念妳的。」

這是她第一次與老婆婆見面。

離開房間前，宛真頻頻地回頭，想把老婆婆的樣子深深烙印在腦海中，她牽起三郎的手，另隻手則緊握著拳。

走出安養院，太陽已經完全西沉，寒風吹著，陷入肌膚，這讓宛真下意識握緊了三郎的手。此時自手心傳來的溫度，與心中的悸動產生不現實的暖意。

第一章・扮演父親的他

1

等大半的同學都走光後，裕良才鼓起勇氣騎上溜溜車。

還是應該叫扭扭車？裕良不知道真正的名字，只知道某天老師突然把那輛造型奇特的車子帶到班上，說是書商送的，以後就擺在教室，想玩的人可以去騎。

起初班上的同學都很興奮，雖然有些掃興的傢伙嚷嚷著「我家就有了。」但絕大多數的人都只在賣場廣告上看過那輛車，所以溜溜車在班上製造了不少話題。

裕良也曾萌生拜託媽媽買一輛給他的念頭。雖然他知道媽媽一定會買給他，但想想自己好像又不是真的想要，就沒把這件事告訴母親。

溜溜車來到班上一陣子後，想玩的人也玩過了，這時一些自以為是的傢伙開始取笑那些騎過溜溜車的人，說大家已經三年級了，還玩這種幼稚園的東西。

裕良知道這些同學就是大人口中比較「早熟」的孩子，所以才會習慣把人當笨蛋，像裕良自己就常常被媽媽的朋友說是「晚熟」，肯定就是那群人眼中的笨蛋了。

因此，他才會選擇在放學後偷偷騎溜溜車。

這輛車不像媽媽的機車只有兩個輪子，有老實地把所有輪子都裝上——甚至還一口氣裝了六個之多！裕良看過其他同學騎，連朋友那種笨手笨腳又胖呆的人都能騎得好了（而且車子竟然還沒垮），那他肯定也辦得到。

裕良選在教室門口的花圃前，那裡離球場很遠，就算車子不幸失速也不用擔心撞到人。

實際坐上去，握緊方向盤、維持有點奇怪的姿勢，雖然沒有油門還是使勁想讓車子發動。

裕良也搞不清楚這台車的原理，可以肯定的是念力絕對不可靠。

於是他開始扭動身子，車子開始緩緩前行——雖然速度還很慢，但扭扭車果然不是浪得虛名呀！

車子在磨石子路上緩慢走著，以前朋友在這跌倒過，膝蓋擦破流了好多血，雖然沒有直接關係，但還是讓裕良不敢在這段路上全力衝刺。否則以他那種魯莽的跑法，肯定要摔好幾次，如此回家又要被媽媽罵了。

所以裕良從來不全力衝刺。

騎著扭扭車也是，即使逐漸掌握到訣竅，但是他仍然維持著不至於被警察開單的最低速限，他不想摔傷，就算他知道溜溜車的底盤很大、很安全，他還是不想摔傷。

遠方球場，一個應該是高年級的學生以不可思議的角度投進了一顆三分球。

不論是那男生的隊友或對手，球場上所有人都發出驚叫。

谷咕咕。

斑鳩，大概是斑鳩，有點沙啞的聲音不知道從哪裡傳來。

感覺溜溜車也沒有想像中那麼好玩。

看來當初沒有叫母親買下它是對的。衝動是魔鬼，有句話是這麼說的。

作業好像還沒寫完。

今天媽媽說會晚點來，本來應該趁這段時間先把作業做完的，要不是這台車……

裕良低頭，雙手緊握著黑色的塑膠方向盤，手心滲出汗，黏黏的。

溜溜車上已經有不少刮痕，大概是有人把它騎到停車場那，畢竟老師不准他們去停車場玩，那溜溜車大概也禁不起柏油路的考驗。

要不要去看看呢？雖然停車場什麼有趣的都沒有，但同學都喜歡瞞著老師偷偷去那。

裕良騎著車，慢慢往停車場開去。

在那邊晃一圈就回來寫作業吧。他心想。

「兒子。」

斑鳩在叫。

谷咕咕。

「兒子啊！」

不。

斑鳩好像不是這種叫聲。

雖然裕良也很熟悉斑鳩的叫聲，但是他也沒求證過這到底是不是斑鳩在叫，如果是的話又是哪隻斑鳩在叫？可是會叫他「兒子」的人除了媽媽以外……不對，媽媽才不是這種男人聲音呢！

他回過頭，看見爸爸站在他的教室門口，揹著他的書包，正看著他。

「爸爸？」

他想倒車，或是迴轉，但他還不知道扭扭車該怎麼轉髮夾彎，畢竟他只知道前進，沒想過還要回頭。

他再次回過頭，確認爸爸還在那，原本他想，萬一回頭發現爸爸不見就別管這笨拙的車子了，直接去找爸爸吧！但爸爸就在原地等他，那他有足夠的時間搞懂這輛車的倒檔在哪。

快點呀！就算沒辦法倒車好歹也要能轉彎吧，可是沒辦法，六個輪子並不會比較厲害，以前爸爸和媽媽載著他時，不管是機車或腳踏車都沒這問題，這到底還是個書商送的便宜貨。

無奈，他把腳伸到地上，雖然這是違反國際溜溜車規則的（假設真的有這條規則），但他還是這麼做，否則他會永遠被溜溜車囚禁在花圃前。

費了番工夫，幾乎是他提著溜溜車，用雙腿強迫溜溜車轉一百八十度的，他總算面向爸爸了，爸爸正朝他走來，裕良利用剛才累積的溜溜車駕駛經驗，往爸爸駛去，這次他沒管速限了，他衝刺，跟著溜溜車一起，沒打算減速，他要就這麼衝向爸爸。

爸爸好像知道他的意圖，蹲下來，做好守備姿勢。

要撞上啦！

他看見爸爸笑了。

所以他在撞上父親前的那一刻，煞車。

溜溜車沒撞上爸爸，這舉動好像讓爸爸很意外，起初反應不過來，但很快又裝作被撞到的樣子，整個人翻了一圈。

新聞報過，有些人明明沒有被車撞還是喜歡衝到路上假裝被撞傷好騙取醫藥費，因為許多人的演技很假，所以每次爸爸都很喜歡嘲笑這些人。

現在看來爸爸的演技也不怎麼樣。

不過裕良還是很配合的問道：「有沒有受傷？要賠多少錢？」

爸爸很快起身，把背後的書包轉到裕良面前說：「還好有它擋著，才沒受傷。」

「啊！我的書包！」

印有海綿寶寶的書包上面沾了小碎石。

爸爸拍了拍書包後還給裕良。

「你的書包變重了。」

「三年級要讀自然，英文課本也有兩本。」

「不能像以前一樣丟學校嗎？」爸爸問。

「不行。」裕良搖搖頭：「作業變多了，還有要考試。」

「考試啊，那不是隨便讀讀都會一百分嗎？」

「現在沒有這麼容易了啦。」裕良說：「要考滿分變難了。」

「那上次班上有幾個第一名？」

爸爸好像還以為現在的考試還跟小學一年級時一樣，只考兩科，所以考滿分兩百分的人就有五、六個。

只有一個啦，是個女孩子。裕良回道，雖然他知道爸爸大概不會放在心上，但是沒能告訴爸爸自己是第一名還是讓他感到扼腕。

「她喜歡你嗎？」

「沒啦，怎麼可能！」裕良討厭跟爸媽講女孩子的話題，因為每次都會覺得害羞所以不知道該用什麼態度面對才自然。「問這幹嘛啦……」

「想說考不贏人家，那只要讓人家喜歡上你就好了啊。」

爸爸每次都這麼說。

他從一開始就沒打算聊課業的事。

爸爸拎起溜溜車，和裕良走回教室。

「這裡？」

「不對，要擺在掃具間旁邊。」

「這裡？」這次爸爸把溜溜車放到老師的位子上。

「會被罵啦！」

「對了，你的位子在哪？」

「在第一排。」

「第一排不是都會留給視力不好的同學嗎？」

爸爸還以為裕良的兩隻眼睛都是1.5。

「我現在視力沒那麼好了。」

雖然還沒有到要戴眼鏡的程度。

「這樣啊。」爸爸露出惋惜的表情，把溜溜車放回掃具間。

裕良感到愧疚，總覺得讓爸爸失望了，但視力退步也不是他願意的，很多事都是在不知不覺間產生變化，雖然爸爸一定會認為他在找藉口，但視力也是這麼回事。

父子走出校門，裕良這才想起要問爸爸為什麼是他來接，媽媽呢？

「媽媽在家煮飯。」爸爸說，並牽起他的手說：「爸爸借她的車來接你。」

停在馬路對面的那輛機車是媽媽的，裕良想想也是，畢竟爸爸的車已經賣掉了，總不可能坐計程車來呀，計程車很貴的！當然是騎媽媽的機車來囉。

所以媽媽不是沒空，其實他們兩人早就串通好了。

難怪爸爸會出現，不，應該是知道爸爸要回來才特意安排的吧，媽媽一直都瞞著他。

覺得有點狡猾，但裕良還是忍不住露出微笑。

接過安全帽——當然爸爸的帽子也是跟媽媽借的，騎上機車，雖然一如往常地坐在後座，但感覺不太習慣。一方面是因為爸爸的體型比媽媽寬了不少，另一方面是——

「肚子。」裕良抓了抓爸爸的肚子。

剛剛爸爸牽起自己的手，現在又抱著爸爸，碰到他的肚子。

體溫。

雖然天氣不冷，甚至還有點悶，但裕良還是把身體靠在爸爸背上。

上次見面是一年前了。

爸爸騎著自己的機車，像現在這樣，接他回家。

像現在這樣，搖搖晃晃的，他真是個糟糕的駕駛，難怪自己開溜溜車也是七零八落，根本就是遺傳自父親。

有許多問題，裕良悶在心裡，他不知道該如何開口也不知道該先問爸爸哪個問題。

陣風吹來，沿著馬路呼嘯而過，讓人聯想到油汙的嗆鼻氣味混在風裡，有些刺鼻。

想著，想著想著，與其想這麼多不如趁下個紅綠燈前一吐而快，而當這麼想時，他還是在想。

「爸爸。」他說：「你會待多久？」

他不知道爸爸有沒有聽見，畢竟大馬路上，挺吵雜的，汽車的喇叭聲就算了，連一旁轎車的引擎隆隆聲都很令人煩躁，就好像靜下來時會聽見自己的心跳似的，那時才會發現「哇，原來一直以來我都是聽著這樣的聲音過活的嗎？」而當發現這點時，忍不住吞了吞口水，這時又覺得自己吞口水的咕嚕聲未免太引人注目了。

所以如果爸爸沒有聽見，就算了吧，這個問題裕良並不是真心想知道答案，或許永遠不知道答案更好。

「一個禮拜。」爸爸說。

好短呀。

這是裕良聽見後第一個想法，隨後他又想到——

「這次可以陪你過生日。」爸爸說：「太好了。」

裕良沒有回答，點了點頭，故意讓下巴能撞到爸爸的背。

「今年想要什麼禮物？」

「不能說。」

和吹蠟燭一樣，說了就無法實現了，所以裕良決定用寫的，再放到顯眼的地方，這樣就能保證收到想要的玩具。

這是每年的慣例，就算去年爸爸不在，禮物也沒有變少，還是一份一千元的和一份五百元的。

「媽媽說阿姨他們今年也會來。」爸爸說。

「那是因為去年……」

爸爸打斷裕良，說：「這樣又能看到彥志和婉婷他們了。」

彥志和婉婷是裕良的表哥和表妹。

他和表兄妹的感情很好，從小阿姨就常帶他們來家裡玩。

只不過生日因為不一定是在假日，所以他們並不會每年都來替自己慶生，唯獨去年，因為爸爸不在，所以阿姨才帶他們來陪裕良。

阿姨是擔心裕良一個人寂寞，即使阿姨沒有明說，裕良看阿姨的表情還是看得出來。

阿姨在同情他。

和爸爸談跟女生有關的話題有點像，雖然本質上還是不一樣，但是某種難為情的羞愧感還是讓他胸口感到難受。

沒什麼好同情的。他想告訴阿姨，爸媽也不過生日，他敢打賭，連阿姨自己也不過生日，連生日都不過的人實在沒什麼資格說有生日蛋糕吃的人寂寞。

雖然用走的很慢，但其實回家的路程很短。裕良和爸爸回到家，母親從廚房探頭出來，一副理所當然的樣子說：「回來啦。」

「嗯，回來了。」裕良抬頭，看爸爸沒打算跟媽媽打招呼，便連同他的份再說一次：「我們回來了。」

「妳還沒煮哦？」雖然煎鍋上明明就擺著一片鮭魚排，但爸爸還是故意這麼說。

媽媽立刻不甘示弱的回道：「你瞎了啊？」

你瞎了啊。這大概是他最先學會的幾句話之一，另外一句則是表哥彥志教他問候別人媽媽的髒話。

一開始還以為爸媽是在吵架，直到裕良見識過真正的爭吵才知道這是爸媽彼此在開玩笑。雖然是說過很多次的笑話，但他們從來沒有說膩過。

晚餐還沒好，這對裕良正好，剛才被溜溜車耽誤寫作業的時間，趁現在早點把它解決掉。回房間前，忍不住又瞥了一眼，爸爸正開著雙腿，用慵懶的姿勢坐在沙發上，媽媽正在講她工作的事，爸爸雖然不耐煩，但還是很有頻率的應聲著。

很懷念的場景。

裕良趴在書桌，寫著生詞練習本，他的字一向很好看，但今天寫起來就是不順手，雖然還不至於會被老師圈起來罰寫，但要拿到甲上是不太可能了。

管他的。

想起放學時爸爸說的話，關於成績還有其他讓裕良在意的事，那些似乎都不是這麼重要，如今爸爸回來了，現在就在客廳外看電視，與其在這邊刻字討老師歡心，不如早點交差到客廳去。

晚餐的餐桌並沒有特別豐盛——這讓裕良有點意外，原本以為爸爸回來，媽媽應該會準備特別多菜的，但是除了分量從兩人升級成三人外，這就是頓和昨天、前天大同小異的晚餐。

裕良又想起爸爸回來時媽媽的反應，很平淡、很正常，明明和爸爸有一年沒見面了，但媽媽卻沒有提起，見到爸爸也沒有特別反應。她揀起筍子特別軟嫩的部位夾給裕良，爸爸則是挑起魚刺，把剩下的魚肉放到裕良的碗裡，和以前一樣，對這兩人，爸爸似乎沒有缺席過任何一頓晚餐、似乎無論昨天或明天，三個人都會一同圍著餐桌吃晚餐。

裕良忍不住揉了揉眼睛，當然並不會發生一眨眼父親——甚至父母親都不見的可怕狀況，爸媽依然在位子上，他也是。

這讓他更不好意思問了。

當下，他告訴自己，只是做了很長很長的夢，夢裡爸爸暫時消失了一年，實際上爸爸沒有離開過。

只不過，他又倏然想起父親說的。

一個禮拜。

好短呀。

不管幾次，不管是聽到還是想到，他還是想說。

好短呀。

或許爸爸回來的這一個禮拜才是夢，他想捏捏臉頰，就像卡通裡常做的，但怕真捏了就必須醒來，只好作罷。

如果真的是夢，那就是夢吧。

既然父母親都接受了，那他沒道理不接受。

他和爸媽講到今天學校的事，今天聽眾變多了，所以裕良忍不住多講了些，平常同學的糗事他懶得說，畢竟取笑別人的不幸好像不太道德，但爸爸倒是很喜歡聽這些，以前爸爸跟朋友聊天時，也盡是在拿對方取樂。

最後，他說到溜溜車的事。

很難騎、很幼稚，最後還被大家唾棄。

他之所以騎上去並不是對溜溜車有興趣，只是想知道那是不是真的如大家所說那麼難玩。

「不過我看你很努力，好像還挺開心的。」爸爸吐槽。

「……才沒有。」

「想要嗎？那個溜溜車。」

結果媽媽搶先回道：「家裡才沒地方擺。」

「那又佔不了什麼位置。」爸爸聳聳肩道。

「我不要。」裕良說：「那其實真的不怎麼好玩。」

他不想再講溜溜車了。

這話題，從「溜溜車」這個名詞本身就很幼稚。

他想學媽媽，把爸爸的存在當作理所當然。

於是他試著問道：「爸，今天公司……」

其實他不知道該怎麼發問，也對爸爸的工作沒興趣。
「今天來了個年輕的美眉。」爸爸說的同時還故意瞟向媽媽。
不過媽媽好像不在意的樣子，喝了口汽水，問：「怎麼了？」
「大學才剛畢業，什麼事都不懂，履歷上說會寫程式，結果連Excel都不會用。」
「現在年輕人都這樣，尤其是小女生。」媽媽說。
媽媽也沒多老，但是她和爸爸都喜歡說些年輕人怎樣怎樣的，這可能是因為他們在公司都是負責管人的緣故，就跟衛生、風紀差不多。
「你有罵她嗎？」裕良問。
「罵啊！怎麼不罵，不過我才念她兩句，好像就快哭了。」
「一定是你太兇了」裕良說：「幹嘛不直接教她就好，罵又沒用。」
聽到裕良這麼說，爸爸反而看向媽媽，像討救兵似地說：「被妳兒子教訓了。」
媽媽笑了。
不過笑得有點刻意。
裕良心想這大概是錯覺，但若是注意到了就特別容易往死胡同裡鑽，於是他加快扒飯的速度，很快又要了一碗。
那天的餐桌沒有剩菜，除了有爸爸幫忙，媽媽的胃口似乎也變好了。
晚餐結束，看了半小時的新聞，媽媽和裕良都不喜歡新聞，全家只有爸爸會看，奇怪的是裕良和媽媽兩人的票數還比不上爸爸的一票，所以裕良沒辦法看卡通、媽媽沒辦法看日劇，那段時間就是爸爸的。

有點霸道，不過裕良也知道這是這七天才有的規則，就讓爸爸像以往一般任性也沒關係。

晚間七點的新聞播完，爸爸說了聲：「洗澡。」就從沙發上站起來。

這也是以前的習慣，裕良和爸爸總是一起洗澡，雖然裕良也想過父子共浴的時光會持續多久，搞不好哪天父親就告訴他他已經長大了，不適合再一起洗，但他又不是女生，既然大家都是男人就沒什麼好忌諱吧！再說，他總覺得若是自己拒絕再和爸爸一起洗澡，爸爸肯定會很難過。

結果他還來不及想出問題的答案，爸爸就先消失了。

消失了整整一年，如今再回來，爸爸還沒忘記他們的約定——或許不能說是約定，只是某種習慣，總之它就是存在於父子之間。

只是，一年吶！好長的一段時光，如今不管是悲傷或是快樂都變得吃力起來了。

就這麼糊里糊塗地跟著爸爸走進浴室好嗎？

站在浴室前，裕良提不起腳步。

越想越不知道該怎麼辦。

算了吧，等爸爸洗完再換他好了。

正萌生這念頭時，浴室裡傳來聲音。

「毛巾咧。」

裕良手裡正抓著毛巾。

畢竟爸爸從來都不會記得帶毛巾進浴室，有時候連內褲都忘記拿。

很不可靠的大人，所以裕良才跟他一起洗澡。

裕良推開浴室門，把毛巾放到掛架上，脫了上衣和褲子。

「啊，我拿了……」

因為是爸爸，所以在他面前裸體也不會覺得怎樣，但還是有種奇怪的感覺。同樣盯著看爸爸也挺怪的，裕良低著頭，走進淋浴間。淋浴間很小，兩個人站進去就滿了，裕良只能站著，頂多轉身。

爸爸把他的頭髮澆濕，抹上洗髮精，十指搓揉他的頭髮，同時也說這樣可以按摩頭皮。

今天流了不少汗。

之前他去阿姨家住，回來時被爸爸抱怨說頭沒洗乾淨，後來有幾次也是這樣，只要他自己洗頭，爸爸一定會說他洗不乾淨。

所以去年一整年，他都覺得自己的頭好像沒洗乾淨。

水柱沖刷掉泡沫，積在排水口，排水口發出咕嚕嚕的聲音，和斑鳩的聲音不一樣，一個是谷咕咕，另一個是咕嚕嚕，雖然很像，但還是不一樣。

這次很幸運，肥皂沒有進眼睛。裕良抓起肥皂，往身上抹，在這期間爸爸就替自己的頭上洗髮精。

裕良轉過身，爸爸扶著浴室的牆壁，這個動作是要裕良幫他刷背。

雖然說是爸爸幫他洗澡，但是什麼都不作等著讓人服務的傢伙很沒用，所以裕良也會幫爸爸刷背。

這一切都和以往一樣，沒有一套程序或規則亂了、失了。

爸爸沖過頭之後，又替他洗身體。

背後交給爸爸，前面自己來。

「胳肢窩。」

「雞雞。」

「大腿。」

「腳都沒洗！」

從頭到腳，都是些爸爸認為洗不乾淨的地方，不過跟頭不一樣，爸爸不會碰這些部位，因為很癢，尤其是腋窩，每次碰了裕良總是笑個不停，連澡都沒辦法洗。

洗完澡，走出浴室前，裕良又看了爸爸一眼。

爸爸沒有注意到他，專心洗著身子，於是他穿好衣服，走出浴室。

來到廚房，媽媽正在洗碗，看見他，只說了聲「洗好澡了？」又繼續洗碗。裕良點點頭，問：「爸爸怎麼會回來？」

媽媽大概早就預料道他會這麼問，很快回道：「你這禮拜生日，然後我又跟爸爸說你們學校有園遊會，叫他一定要回來參加。」

「喔……可是老師那邊……」

去年因為爸爸的事，他被老師叫過去談話，後來又有輔導室的老師找他過去，好幾次好幾次，即使實際次數或許沒那麼多，但裕良覺得他坐在輔導老師面前，聽著那些沒意義講話的次數已經夠多了。

「老師他們知道，我有說爸爸會回來。」
「嗯。」
那就這樣吧。裕良說。
水龍頭的聲音。蓮蓬頭的聲音。
畢竟再過幾天就是自己生日，那麼生日時所有願望都會成真也是理所當然的。
裕良捏了捏自己的臉頰。
這不是夢。

2

「我們走了。」兒子連同自己那份，和妻子道別。
三郎抓著車鑰匙，裕良跟在身後，兩人跨上機車，一天正要開始。
「爸爸，」裕良尚未從睡意中醒覺，帶著有些朦朧的嗓音問道：「今天還會來接我嗎？」
三郎假裝想了下說：「我盡量，如果來不及的話你媽會去接你。」
「嗯。」
其實三郎白天很悠閒，和客戶面談的時間都很固定，雖然前陣子家裡多了個人，但那女孩也很安分、不會給人添麻煩，所以不會有什麼臨時狀況。
只不過做父親的還是不想讓自己的形象在兒子面前破滅，所以要裝作很忙碌的樣子，若是太早回家不只妻子看不起，連兒子都會覺得這老爸很沒用。

小孩子年紀雖然小，但一切都看在眼裡，這點三郎很清楚。

裕良的學校離這裡很近，昨天和今天兩次通勤，距離三郎的公寓大概是二十分鐘路程。他默默把這件事記在心裡。

「爸爸。」

下車前，裕良說。

「怎麼了？」

「工作加油。」

聽見兒子這麼說，三郎笑著回道：「我會的。」

「還有，昨天你說的那個姊姊。」

「嗯？」

「……不要對人家太兇。」

裕良的聲音很小，似乎對自己是否該說出這句話仍感到躊躇。

「哦，爸爸會記得的。」三郎說。

裕良用力點點頭後，揹著沉甸甸的書包穿過校門。

直到裕良的身影消失在穿堂，三郎才騎機車離去。

今天早上他和客戶有約，約在捷運站附近的家庭餐廳。

對方是個讓他感到棘手的對象，因為某些緣故已經跟對方推辭好幾次，但那孩子就是不肯放棄。

由於三郎並不是奉行金錢至上主義，因此他接案的原則也是以可行性為第一考量，剛好，對方的委託就是屬於公司內部無法提供合適服務的例子。

三郎忍不住嘆息，想著這次又要拿什麼理由搪塞少年。

比約好的時間提早十分鐘到家庭餐廳，三郎剛吃完妻子準備的早餐，肚子撐得很，便向服務生點了飲料吧。

早晨的家庭餐廳除了看報紙的老伯以外根本不會有其他客人，兩個外場服務生在櫃台閒聊，廚房內則是安靜得很，沒聽到開伙聲。

三郎喝著咖啡，拿出上次客戶提供的資料，又讀了一遍。

「……姊姊。」

原本事務所是不接女性角色的委託，畢竟無論三郎的化妝技術還有演技再怎麼厲害，要跨性別終究還是太困難了。

三郎暗忖。以小真的才能，再多練習一下應該可以扮得成少年的姊姊，癥結點在於小真自己不願意。強迫她也沒用，三郎自己也是挑著工作做，若是與客戶提供的樣本沒有共鳴，那也不可能扮演得好，如此，不過是浪費彼此的心力和金錢罷了。

手機響了。

電話那頭的少年報上自己的名字，問道：「你在哪裡？我已經在餐廳裡了。」

「有沒有看到靠近廚房那有個戴眼鏡、穿得很正式的人？那是我。」

「啊……」

三郎抬頭，看到一個少年正在收銀台那東張西望，便朝他招了招手，少年很快就發現了。

「你又變得不一樣了。」

少年在他對面的位子坐下來，看見三郎面前的熱咖啡，也向隨後而至的服務生要了飲料吧。

「你可以隨便點，這筆帳算我的。」三郎說。

「那怎麼好意思……不過你會這麼說，應該是又不行了吧。」

三郎點頭。「嗯，公司目前沒辦法處理你的案子。」

「果然是這樣啊。」少年苦笑道。

「真不好意思，還讓你特地請假。」

少年十四歲，所以正常的國中生是不可能在今天這種工作天在外頭亂跑的。

「嗯，我裝病。特地等到爸媽都出門了才溜出來，所以遲到了一下。」

「沒關係。」

三郎又喝了口咖啡。

「你知道的，叔叔，他們管很嚴。」

「這不是什麼壞事呀。」

少年自顧自地繼續說：「還好到下班前他們不可能回來，所以很安全。」

「等這邊結束就趕快回家啊。」

本來是沒打算見面的，三郎想若是少年主動聯絡，乾脆在電話裡婉轉的告訴他公司不接受他的委託就好，沒必要約出來談。

面談是少年單方面要求的。

「知道啦。」少年笑著，露出整齊的牙齒，又從隨身包裡取出幾張照片和隨身碟。

「這些，是我最近找到的，姊姊小時候的照片，隨身碟裡還有她幼稚園聖誕晚會上台跳舞的影片。」

「嗯。」

三郎把照片推往自己的方向。幾張陳舊的老相片，拍攝於那畫素不高的時代，照片的主角都是個年約三歲、四歲的小女孩。

「這些資料，應該有用吧？」少年低聲問。

「當然有用。」三郎說：「只要是和對象有關的資料越多越好。」

就算少年的姊姊如今已是個亭亭玉立的姑娘，一旦公司接下委託，就必須盡可能共享那女孩的記憶。

雖然，也只能藉由相片或當事人口述這些模糊的資料重建就是了。

但記憶是會產生誤差的，那麼只要和委託人取得共識，這份記憶是真是假並不是太重要。

這是三郎的工作原則之一。

「對了，你的姊姊……還是沒有聯絡上嗎？」三郎問。

少年搖頭。「應該是不太可能了。畢竟這不是第一次，所以爸媽也還在賭氣，你知道姊姊離家時爸爸說了什麼嗎？」

「說什麼？」

少年把嘴湊近三郎的耳朵，小聲說：「你她媽是下面在癢喔？」

「這樣啊。」

少年說過，他的姊姊交了男朋友。
因為他們家家教很嚴，所以姊姊有男友的事情全家人都不知道。
直到半年前某天晚上，姊姊才突然告訴他們她有男友了，要搬去跟他住。
那時她提著一大袋行李，就站在玄關。當下，少年就知道姊姊沒有要跟爸媽溝通的意思。
父女最後的對話——可能連對話都說不上，就是方才少年所說的那句話。
畢竟那時姊姊什麼也沒說，她沉默著，睜圓著眼睛瞪著父親。趕在父親下一句話出口前，或是拳頭揮過來前，她離開了。
「到現在都還不知道姊姊在哪。」
少年說，他甚至會懷疑姊姊是不是還活著。
「半年的時間的確有點太長了。」三郎附和道。「雖然我這邊也是做亂七八糟的工作，但可惜沒有徵信社的本事。」
「你看新聞嗎？」
「偶爾，現在都是滑手機比較多。」
「新聞上不是常有女生被騙？毒品、賣淫什麼的。」
「你姊姊不會碰上這種事的。」三郎說：「她很安全，相信我。」
「嗯，我想姊姊不會這麼笨。」少年彆扭地說，反問：「你會覺得我做錯了嗎？」
「做錯什麼？」
「請你找人假扮姊姊去見爸媽。」少年故作輕鬆地說：「畢竟姊姊又不是真的發生了什麼……叔叔你們公司，不是都在扮死人嗎？」

「誰跟你說的？」三郎笑出聲來。「我們接最多的業務是假扮男、女朋友。每次逢年過節不是很多人要返鄉跟親戚見面？那陣子就是我們業務最忙的時候，畢竟很多人都想找伴侶跟長輩交差。算是這幾年的新興產業，只是我把它設計得更極端一些，我認為既然都要模仿，就得模仿徹底一點。」

「哇……」

少年正打量著三郎的臉。雖然三郎每次和少年見面外貌都不一樣，有一次甚至是個滿臉皺紋又駝背的老先生，不過今天這張臉雖然還不到英俊但也還算端正。

「如果你要的話，我扮成金城武都沒問題。」

這可不是單純的吹牛皮。

「我應該是不需要，我喜歡的是女生。」少年生硬地說。

「那我可以叫公司的小女生來，你們這年紀喜歡什麼明星？橋本環奈還是齋藤飛鳥？」

「可是她連扮成我的姊姊都不願意了……」

「這有很多技術上的困難。」三郎打了個哈欠。「扮成明星或演員是最容易的，因為大多數人不認識他們，所以只要他們維持那張臉皮，就算其他細節出錯了也不會有人發現。不過家人就不一樣了，小弟你跟姊姊的感情很好吧？」

「啊，嗯。」

「喜歡姊姊嗎？」

「突然問這個幹嘛……怎麼可能不喜歡。」少年別過視線，含糊地答道。

「有可能啊，不是所有家人都有義務喜歡著彼此的。」三郎吐了口氣，繼續說道：「要是你發現有個人扮成你的姊姊，卻學得一點都不像，有什麼感覺？」

少年明白三郎的意思，急忙否定道：「……沒關係的，我只是想讓爸媽看看姊姊，或許他們見了姊姊，就算不是真的姊姊也可以，至少不要讓他們再賭氣了，趕快把姊姊找回來。」

「這樣跟我們公司創立的理念不符。」

「可、可是我付的錢比較少，你們稍微，呃，該怎麼說……稍微混一點也沒關係。」

的確。和三郎平時的業務相比，少年的預算低得可憐，甚至連成本都不夠，若不是三郎把錢看得很輕，否則根本不該考慮少年的委託。

「很多東西是金錢買不到的。」三郎裝模作樣地說。「這是我們這邊的問題，我們也會評估人力資源和可行性。要是那個女生覺得她沒辦法勝任你姊姊就不會接下這案子。」

「所以我就說不要緊的。」

「那孩子是我訓練出來的，是個有天賦的女孩。她如果覺得沒辦法那我也會尊重她的決定。」

「唉。」少年重重地嘆了口氣，臉色完全黯淡下來。

三郎輕輕敲了下杯子。「所以說，我才會建議你盡可能蒐集你姊姊的資料。」

「如果資訊夠齊全，搞不好那個女生就願意扮我姐姐了對吧？」

「嗯，就是這樣。」三郎說：「現在是因為資訊還不夠，否則以那孩子的實力，要扮你的姊姊肯定沒問題。」

每次，三郎都會用這句話作結。

他不想奪去少年的希望，再說，他也被少年的毅力稍稍感動，希望他能如願——當然，如果他的姊姊能早日回家更好。

「那，接下來是費用的部分……」少年說。

「那個啊，還不用急著談，等我們這邊確定要接案子時再跟你報價吧。」

「我只是擔心好不容易談成了，最後是卡在我這邊沒辦法出錢。」

因為少年是瞞著父母找上三郎的，所以所有預算都是從少年那不太豐厚的零用錢來。

「不用擔心。」三郎看了看時間，並將少年姊姊的照片收進懷裡，接著站起身說道：「你一定付得出來。」

走之前，把剩下的咖啡一飲而盡。

時間控制得剛剛好，接下來再去銀行和醫院一趟，白天的正務就辦完了。

結果，返回租屋處時也快中午了。若是以往，他應該會像個失業的上班族每天待在公園或圖書館消磨時間，但現在住處還有其他人要吃飯，雜務頓時多了不少。

五坪大的小公寓，沒有玄關的構造，一進門就看到床鋪，床鋪上躺著一個年輕女孩，女孩說過她才高中而已，現在正在三郎的床上滑手機。

「呦。」少女隨便應了個聲，連看三郎一眼都不看，繼續盯著螢幕。

「我買了鍋貼。」三郎把塑膠袋放到矮桌上，那就是他平時解決三餐的地方。

「辛苦了。」少女繼續滑手機。

「剛才我又跟那小弟碰面了。」

「我不要。」

「我都還沒說呢，馬上就講不要。」

「反正就是不要，來再多次都一樣。」少女說：「大叔，你下次直接跟那小弟說我離職了，這樣他就會死心了。」

「我才不要。」三郎取出鍋貼盒子。「小真，不要玩了。」

那女孩的名字叫小真，肯定不是本名，但三郎也沒興趣問她真實的名字。像她那種女孩背景很複雜，三郎也見過幾個狀況和小真類似的女孩子。

不過像小真這種逕自住進他家的還是頭一位。

就和典型的仙人跳故事一樣，幾個月前三郎剛結束工作，正往返家的路上。即使近午夜，城市依然燈火通明，那時三郎已經卸了妝，所以他故意避開那些街燈或商鋪燈光能照到的地方。

走在幾十年公寓堆積而成的騎樓與小巷間，垃圾的惡臭還有牆角的尿騷味，但是當他頂著真實面容時，只有這些再無人煙的地方能讓他喘息。

所以當他意識到被人跟蹤時已經太晚了。

對方維持著和他大致相同的步伐頻率，當他停下時，隨然慢了一拍，但對方也會很快停下來。腳步放得很輕，但沒有刻意隱藏，大概是女孩子。

雖然也不是沒有女搶匪，但知道對方是女生還是讓三郎鬆了口氣。

即使如此，還是不能讓她一路跟著回家。

三郎故意繞到家附近的公園，確認四下無人後才轉身喊道：「出來吧。」

對方也沒有掩飾的意思，很乾脆就從公廁的死角處冒了出來。

「被發現了？」少女說。

「早就發現了。」

「那幹嘛現在才講。」

「……這裡比較安全。空曠又沒有人。」

「有人也沒關係，我不會覺得害羞。」少女淡定地說：「喏，你是要回家？」

「問這個幹嘛？」

「如果方便的話，我想去參觀一下。」

這種發展很不妙。

三郎也看過那些會被人說「賺第一桶金」的新聞，也明白色字頭上一把刀的道理。何況是他這種人……像他如此醜陋的人，別說是被女生搭話了，不要被刻意避開就不錯了。

「回家吧。」三郎說。

少女嘿嘿地發出笑聲，說：「好哇。」

「我是說，回你自己家。」

「不行，沒辦法回去。」

「為什麼？」

「被隕石砸，房子垮了。」

少女根本沒有想回答的意思。

所以說，像她這種孩子不是翹家就是老早被男人控制了。

「不然，我送妳去警察局吧。」

「不行，他們會把我送回去。」

妳家不是被隕石砸了嗎？

「你擔心我陷害你嗎？」少女逐步靠近三郎，一邊說：「不用擔心，我什麼都不會做，相對的，你如果想幹什麼我也不會反抗。」

來到路燈下，三郎這才看清楚女孩子的面容。

「問題不在這裡。」

「那是？」

「妳一直都是這樣嗎？用這種方式……喂，妳是知道的吧」

「知道什麼？」

「知道自己長得很可愛。」

因為三郎一本正經地說出這句話，這讓少女忍不住笑了出來。

「大叔你看每個人都長得可愛吧。」

才不是這樣。

但是再誇獎她只是讓她得寸進尺而已。

少女繼續說道：「因為大叔長得很醜，才會這麼覺得吧。」

「妳真是一點禮貌都沒有。」

三郎摸了摸自己的臉頰，指腹磨擦著燒傷遺留下凹凸不平的皮膚表面。

「這就是為什麼我選你的原因。我喜歡長得醜的人。」少女說：「像你這種人連騙女孩子的機會都沒有，所以正常男人在想的事情你們想都不敢想。」

「才沒這回事。」三郎不屑地輕笑一聲。

「如果真的是那樣就算了，反正我本來就沒打算白白住在你家。」

少女說完，有些突兀地補了一句：「再說這種事我已經很習慣了。」

雖然很細微，但她的語氣確實產生了動搖。

翹家。

大概不是騙人的。

三郎的工作無時無刻都要觀察人，他對這方面也算是挺有心得。

照理來說，應該要把她送去派出所。

照理來說，應該要想辦法連絡她家人。

照理來說，無論如何都不能讓她跟著回家。

現在天色已經很晚了。

「妳要待多久？」

想不到，卻被少女反問道：「我能待多久？」

三郎又嘆息，反觀少女卻露出勝利的表情。

他再次摸了摸自己臉上那崎形的疤痕，感覺自己無法拒絕少女。

「對了，我叫小真。當然這不是本名。」
「嗯，」三郎本來想自我介紹，小真卻先一步說：「請多指教，大叔。」
而距離那次莫名其妙的相遇已經隔半年了。
小真就像現在這樣，原本的家、學校都忘得一乾二淨，寄居在三郎的租屋處過日子。
鳩佔鵲巢，如今那張床是小真的，雖然小真也問過三郎要不要一起睡，但三郎從沒把這番話當一回事。
若是真的做了，三郎這輩子都會鄙視著自己。
雖然打地鋪比不上彈簧床舒服，但能有個人陪自己吃飯，這點犧牲好像不算什麼。
好像自己也有了個家。
「不吃嗎？」小真夾起鍋貼給三郎，三郎總覺得這動作很難為情，但又不想潑小真冷水，只好張口。
「哪有人被盯著看還吃得下東西啦。」鍋貼還沒送入嘴裡，小真立刻抽回筷子放進自己口中。
「幼稚……」三郎啐唸道，這讓小真更開心了。
「所以妳真的不考慮？」三郎取出懷中的照片說：「那小弟這次還帶了這些東西。」
「喔，真是可愛的孩子。」小真的語氣如棒讀般。
只瞧了一眼就說：「我的答案還是No。」
「好吧。」三郎將照片抽走，挪著屁股扔到身後的小書桌上，而緊鄰書桌的那面牆早就貼滿無數人的照片。

以為這話題又不了了之，沒想到小真卻突然問道：「這弟弟的姊姊是個好學生吧？」

「嗯，那孩子是這麼說的。」

「所以說要我扮好學生、乖乖牌太難了。我是那種會隨便住進陌生人家裡，跟不認識的男人睡覺的輕浮女生。」

「妳算了吧妳。」

「不相信？」小真作勢拉了拉領口，她知道從三郎的角度正好能看見內衣。

「相信相信。」三郎只是低著頭嚼著鍋貼。

小真很喜歡捉弄三郎。

「說再多都沒用，」小真伸了個懶腰，隨便地躺在地上。「我是不可能當她姊姊的，別人都可以，就是她姊姊不行。我討厭那種人。」

「搞不好她姊姊也不是像妳想像中那麼乖巧。小弟弟不是有說她姊姊是跟男朋友，嗯，私奔嗎？」

「為愛浪跡天涯，很浪漫呀。不像我，只能窩在臭男人的臭臭窩。」

「妳等一下就滾出去。」

「我還沒繳清房租呢。」小真坐起身，看著三郎身後的牆問：「下午來練習嗎？」

「嗯，四點我要去接小孩，在那之前都可以。」

小真指的「練習」，是為了工作所做的準備。為了確實依照客戶要求飾演好指定的角色，聲音、儀態還有待人處事的方法都必須完美符合才行。

這是難度很高的工作，三郎原本不對小真抱任何期望，但小真可能不想白吃白喝或單純不想被三郎看扁，現在也在他的安排下做事。

例如下禮拜，小真就必須扮演一個男大生的前女友。那名男學生因為出軌和女朋友分手，但又沒辦法跟家人交代，只好先委託三郎讓小真當替身。

儘管沒辦法解決任何問題，但是替客戶排解家庭危機從來就不在三郎他們的業務範疇。碰上這種案子，只要價錢漂亮而小真又不排斥，三郎就不會推託。

午餐結束，三郎替小真依照那女孩的樣子上妝。起初小真覺得在正式上工前特地化妝很多此一舉，但三郎卻堅持這是必要環結。

「妳必須盡早習慣這張臉。」三郎如此解釋。

化妝是漫長的過程，連小真這種愛漂亮的女孩子都覺得三郎對妝容的堅持幾乎已經達到病態的程度。他願意花費一整個下午在修飾面容，連他現在的樣子——委託人丈夫的臉，都是他趁著委託人母子熟睡時，熬夜補妝而成的。

一個男人在化妝上竟然比女人還講究。小真覺得有趣極了。

當然，他也知道讓三郎如此醉心於此道的原因。

四十分鐘過去，化妝鏡裡的女子已經成了陌生人。

「這是我的底線。」三郎說的是妝容的完成度，儘管此時的小真已經與那名女孩別無二致。

「一樣先從步法開始。」

三郎打開筆記型電腦，並翻出寫著委託人名字的資料夾，裡面有個檔案，是男大生去年和女友到海邊玩時，女朋友沿著沙灘散步的影片。

小真一邊看著影像中的女子，一邊在小套房裡繞圈子走著。

「這女人走路的樣子好不自然。」小真一邊抱怨一邊走。

「妳看不出來嗎？」三郎問。

「看不出來什麼？」

「她的右腳開過刀。」

「是喔。」

「注意feet adjacent的當下，兩隻腳的重心是不平衡的。」

「聽不懂啦。」

再說那種細節，連委託人自己都看不出來吧。

可是三郎很堅持。

小真也知道，只有騙過三郎的眼睛，才能騙過委託人，成為委託人心中真正在思念的那個人。

「再一次。這次試著加入小跑步。」三郎又把另一段影片翻了出來。「記住千萬不能流汗。」

「流汗又不是我能控制的……」小真哀怨地瞪著三郎，但還是老實照做。

步法練習完了，還有音色。

即使同性別，每個人聲音的波形都不一樣，要完美複製不可能。

所以三郎並不會強人所難，只要聲音聽起來相近就行了。

比較麻煩的是語氣還有說話方式，不但要背起來還要懂得隨機應變，所以在這之前大部分的時間小真都花在聽那女孩的錄音檔，還有委託人提供的書面資料。

這部分的資源有限，但多加揣摩還是有機會模擬，只不過要和委託人時常保持聯絡，確認自己的演繹方式正確。

三郎對這份工作一絲不苟，所以他也用同樣標準檢視小真。

不過相處久了，小真也有辦法從中取樂。

「大叔，你注意到了嗎？」小真用下巴指著影片中的女人。

三郎隨口回道：「怎麼？」

「身材呀。」

「什麼？」

小真雙手捧著自己的胸部，故意推高。

「那、那個要解決很容易。」三郎立刻低下頭。

「處男。」小真笑嘻嘻地說，三郎仍然不敢看向她。

兩人在剩下的時間裡，又做了幾輪對話練習，小真揣摩著那女孩的口氣和三郎閒聊，一旦三郎覺得不妥便會要小真重新訂正。

比起練習走路和化妝，小真最喜歡這個環節。

雖然只是閒聊著無關緊要的廢話，但一點都不會無聊。

分針轉了幾圈，三郎看了時鐘後，說：「我該去接小孩了。」

「……嗯，注意安全。」小真還在模仿那女孩的口氣。

三郎收拾好東西，穿好鞋，準備出門。

「晚餐就麻煩你自己解決了。」

「明天見。」

每天，兩人都是這樣度過。

妻子的家沒有汽車停車位，所以三郎只能搭公車去接兒子。

到小學時，正好看見裕良揹著書包走出校門。

他朝兒子揮了揮手，兒子也大力揮著手，堆滿笑容朝他奔來。

裕良撲向三郎，緊緊抱著他。

「怎麼了？幹嘛這麼黏人。」

「沒有……」嘴上這麼說，但裕良還是緊擁著三郎。

三郎摸了摸兒子的頭，說道：「我們回家吧。」

下班時間，公車比平常還擁擠，有不少乘客站著，空下來的位子都是博愛座。

三郎把裕良推上博愛座，自己則是站在他前面。

「噓！」裕良把食指放到唇邊。「不要跟別人說。」

三郎也模仿他的動作，一同說道：「不要跟別人說。」

這個動作是父子之間的玩笑，因為裕良不好意思坐博愛座，所以爸爸都會在他坐上去之後說「不要跟別人說」，而三郎擋在他前面也能正好替他擋掉其他乘客的視線。

三郎抓著公車吊環，裕良晃著腿，時不時踢到三郎的膝蓋。三郎盯著公車廣告，想著妻子和兒子的事。

「爸爸，」裕良說：「後天是我生日。」

「唉呀，爸爸忘記了。」

「怎麼可能忘記。如果真的忘記，爸爸就不會回來了。」

三郎默默地點頭。

「我是想，能不能不要叫阿姨他們來？」

「為什麼？」

裕良搖搖頭，說：「我不知道，但就是不太希望他們來。」

「可是他們是來幫你慶生的不是嗎？」

「嗯……」

三郎朝周圍環視了一遍，所有人都在忙著自己的事，大多是滑著手機，剩下的則是閉目養神。於是三郎稍稍彎下身子，小聲問道：「和彥志還是婉婷吵架了嗎？」

裕良想了一下說：「沒有吵架。」

「那是？」

「我總覺得，」裕良露出不安的表情。「彥志哥不是真的想來幫我慶生。」

「怎麼會。」

「他昨天晚上打電話給我，說他很想看你。」

「我？」三郎問。

「嗯，他還說了些不好聽的話，有關爸爸的。」

三郎隱約能猜得到那孩子跟兒子說了些什麼。

他把手搭在裕良的肩上，說：「晚點我會拜託媽媽跟阿姨說，請他轉告彥志，你很謝謝他來幫你慶生。」

裕良稍稍鬆開了眉頭，但臉上仍帶有苦處。

「今天有沒有騎溜溜車？」

「我才不要再騎那種東西。」

裕良回道，嘴角微微上揚。

公車緩緩前行，搖晃著整車廂的人，裕良扭了扭身子，博愛座椅對他來說還很大，坐起來總是不太適應。

更多的人上車了，裕良縮起腳，好讓爸爸能擠進來一點。

有一批歐巴桑上了車，他們在講朋友參加了某個靈修會的事，聲音很大，整車都是他們的聲音。

裕良又說了些話，但三郎聽不太清楚，只是點點頭。

每一站都有人上車、有人下車，三郎覺得那天返家的路程特別遙遠。

3

隔天，三郎到百貨公司買玩具，雖然沒有要小真來，但她聽到要去買東西就自己說要跟了。

「玩具的話，網購比較便宜，實體店都是最貴的。」三郎沒有買過玩具，只是直覺性想到百貨公司。

直到兩人走到百貨公司時才聽小真說已經太遲了。

「還有拍賣也不錯，如果不在乎新舊的話，網拍應該是最便宜的。」

「要送人的哪能拿二手。」

「是啊，二手貨就留著自己用唄。」

又在亂講話了。三郎懶得回應。

「你很常逛嗎？那個網拍。」

儘管小真現在替自己工作以換取食宿，三郎還是有給她零用錢，畢竟自己不常在家，加上小真一個人在外時也會用到錢，所以三郎並沒有太限制她的花用。

反正她也不是會亂花錢的人，小真和三郎一樣都是沒什麼物慾的人，三郎最大的開銷是工作用的化妝品，而她則是甜食。

「無聊時會看一下衣服什麼的。」

「有中意的嗎？」

「不了，衣服果然還是要現場挑才知道合不合身。」

兩人搭上百貨公司的手扶梯，經過女性服飾的樓層時，三郎還特別說道：「妳可以先去逛逛，到時候我們再會合。」

結果小真卻說「這些衣服都不適合我」為由，跟著三郎到八樓的玩具專櫃。

其實也沒什麼好挑的，因為裕良早就把自己想要的禮物寫下來了，三郎只要擔心別買錯就好。比較貴的機器人模型和比較便宜的積木火車。

三郎小時候沒有玩具，所以他也不知道這些東西好玩在哪。

如果是十歲時的他看見這麼多玩具應該會感到很興奮吧，無論如何三郎已經過了那年紀，所以他只是猜測，猜測小朋友的他應該也會喜歡這些東西。

「小真，」他問身旁的女孩：「有想要的東西嗎？」

小真一臉疑惑地望著她，眨了眨眼說：「大叔，我們在玩具櫃前耶。」

「這裡也有給女孩子的玩具。」

「不是那個問題，我已經十七歲了。」

「嗯……所以妳不喜歡嗎？」

「也不是，其實我還蠻喜歡的。」小真說：「只是比起玩具，我想我更喜歡那個還喜歡著玩具的自己。」

「喔……」

「聽不太懂吧？偶爾我也會試著說些聽起來很有深度的話。」

「聽起來。」三郎刻意複誦了那三個字。

「我覺得能真誠喜歡著玩具的孩子是很美好的存在。」小真隨手拿起一盒黏土，又說：「我認為這也可以當作一種分別大人與小孩的方式。」

「是嗎？」

「像初潮一樣。」
三郎一時沒辦法對上小真的節奏。
「女孩子第一次來時，媽媽會說『恭喜妳！長大了！』不過在我聽來，媽媽只是在幸災樂禍而已。」
「怎麼會呢？」三郎的語氣有點僵硬。
「她說不定心裡想著，接下來往復三十、四十年妳就要每個月都跟我承受一樣的痛苦了。」
「不會有母親這麼想的。」
「是嗎？」小真不以為然地回道：「如果我成了母親，我肯定會這麼看自己的女兒。」
她像是試著做出結論。
「所以用月事來分別女孩和女人是很不公平的。大部分的女孩子面對這件事時還沒準備好長大，但卻因為那個來而被迫成長。霎時間，所有人都要你扮演女人這個角色。」
三郎不太明白，只能懵懂地點頭，小真也看得出來，所以補上一句：「或許下輩子你就會懂了。」
感覺被小女生教訓了，所以三郎不太甘心地「噢」了一聲
「所以妳真的沒有要什麼東西嗎？」
不一定要玩具，像是衣服、包包什麼的。三郎沒有跟女生交往過，搞不懂女孩子對什麼東西有興趣。
「沒有，我只是想逛逛。」小真說：「再說今天也不是我生日。」

「那沒所謂，我也不過生日的。」

三郎從架上取下兒子想要的玩具，走到櫃檯，小真跟著他，問道：「大叔的生日是什麼時候？」

「忘記了。」

「哪有人會忘記自己生日的。」她繞到三郎背後，戳了戳他的腰。

三郎忍著癢，把信用卡遞給店員。

「真的不說？」

三郎猜得到小真的意圖，所以堅決不說，同時，他也暗自希望不是自己自作多情。

「那我的生日是五月，五月十四號。」

「還有半年啊。」三郎故意拉長語氣說。

「很快很快，一轉眼就過去了。」

這傢伙明顯是想要找人幫她慶生，到底還是個小鬼頭呀……

只是半年後，小真還在嗎？

雖然三郎已經沒有要趕小真走的意思了，但世事難料，或許隔天小真就收拾好行李準備向自己道別。不太想面對，甚至連想都不願去想的場景。

「那到時候再提醒我吧，不然我肯定會忘記。」

「真差勁。」小真又戳了三郎一下。

結完帳，提著裝有給裕良的玩具的紙袋，三郎和小真回到一樓。瀰漫著濃烈香水味的化妝品專櫃總是刺鼻。

「要看看嗎？大叔很懂這些吧。」小真摟著三郎，也不知道她是不是刻意的，三郎要自己別多想。

「不懂。那和我們平常在用的差多了。」三郎說。

他的妝，不是為了讓自己更美麗，而是想盡可能把這張臉蓋掉。

「妳呢？妳們這年紀就會化妝嗎？」

「看人。」小真說：「總是會有不少能從化妝中找到樂趣的人存在。」

「妳自己呢？」

「看心情。」給了個曖昧的答案後，小真說：「多虧大叔，我現在長期維持在不想上妝的心情。」

畢竟有工作嘛。為了工作而化的妝幾乎快要可以拆下來當面具了，小真沒有因此對胭脂粉黛產生恐懼已經不錯了。

「大叔的化妝技術是從哪裡學的？」

「我自己學的。」

「欸？不是學校教的呀，還以為你讀過美容相關科系呢。」

「我連高中都沒讀。」

以前沒提過嗎？三郎不太記得，畢竟他很少講自己的事。倒不是刻意迴避這話題，只是單純沒有必要提起。

「是因為臉的關係嗎？」小真問。

三郎點頭。

儘管此時的三郎，看起來就是個年約四十歲的普通男性，甚至還有點中年人特有，那沉穩可靠的氣場，不過那也就是模仿裕良父親外形所刻出來的樣子。三郎真正的面貌，完全無法與現在這副模樣連結。

「可以告訴我你是怎麼弄的嗎？」

「被炮炸傷的。」

小時候家裡過年，三郎的哥哥和表兄弟姊妹在外面玩炮，三郎沒有加入他們，窩在二樓的房間裡。後來聽到哥哥叫自己的名字，往窗戶探頭去看，正好被射向他的沖天炮炸傷。

「你哥哥他……是故意的嗎？」

「我不知道，但不管是不是故意的我都不會恨他。」

「……是嘛。」

「我其實還有點感謝他，畢竟我原本就長那樣。」三郎現在沒辦法卸妝，只能先把眼鏡拿下來，拍了拍自己的左臉頰。「這半邊被炸傷的臉，原本長著很難看的胎記。你有看過《水滸傳》嗎？」

「只有看過課本節錄的。」

女生應該對那沒興趣吧？但倒也無所謂。

「裡面有個人叫楊志，青面獸楊志，因為他的臉上長著一塊青色的胎記。」

「好像有印象。大叔你也是那樣子嗎？」

「不，我比他更難看，我的胎記顏色很奇怪，長得像爛瘡，上面又有痣，痣上面又會長毛，我現在講，自己都覺得噁心。」

小真也不避諱地說：「真的蠻噁心的。」

「所以當我的臉被炮炸掉時，我鬆了一口氣。」

「為什麼？」

「想說這樣以後人家看到我，就會認為我是因為出了意外才變成這樣，而不是生來就長得這麼醜。」

三郎笑著說：「其實那時我早就下定決心，升上國中前一定要把自己這半邊臉毀掉，反正也不能更難看了。」

「這作法太激烈了！再說，你剩下半邊臉也還不至於到難看呀。」

小真好像生氣了。如果生氣，是在氣誰？三郎不知道，說不定她正是因為不知道能遷怒於誰才生氣。

「以現在的科技，一定有辦法幫你把胎記弄掉。我不知道是不是一樣的原理……不過不是有人會去點痣嗎？」

「聽說那很貴。」

「再怎麼貴都要解決不是嗎？」

三郎像是不想再深入這個問題，故意換了種聲調說：「但就算把臉燒了事情也沒那麼順利。」

「你說接下來就升上國中了嘛。」

「國小時大家看到你的臉會幫你取綽號，爛臉、噁心毛怪、陽光基金會、醜八怪小貝貝，這都還好，雖然傷人，但是很容易習慣。不過升上國中後，看一個人不爽比起用罵的，直接打他一頓更快。」

三郎回憶起遙遠的過往，疼痛早就隨著那時的傷痕、瘀青消失了，唯獨這半張臉，到現在都還糾纏著他。

說過去的同學、老師，或是哥哥、家人，都盡是指桑罵槐，他不過是氣自己生得半張醜臉罷了。

「我能明白。」沉默好一陣子，小真才開口道：「我好像能明白你的感受。」

「少來。妳長這麼可愛。」

三郎粗魯地摸了摸小真的頭，她不在意三郎這麼做，隨便他擺布自己的頭髮。小真繼續說：「以前我也碰過類似的事，不過我是打人的那方。」

「是喔。」

「跟著朋友欺負班上看不爽的人，男生女生都有。」

「嗯。」

「所以聽到你說，我……很抱歉。」

三郎不知道要怎麼回應小真——小真也不知道怎麼回覆他。如果他是小真的父親，大概要斥責她的行為；如果他是小真的朋友，甚至是更親密的關係，他大概連說話的立場都沒有。

不過他跟小真什麼關係也沒有，即使在同個屋簷下生活，也什麼關係都沒有。

「以後別再做就好了。」

所以他只能把手搭在小真肩上，等小真無聲地點點頭後，他才把手放下來。

連這渺小的舉動，都是在計算過兩人之間的距離後才做出的行為。

「午餐在這邊吃嗎？」

百貨公司地下的美食街。

「你說好就好。」

小真說。

「買回去吃，或是在這邊吃都行。」

「嗯。」

來到B1，因為是白天上班時間，人不多，在這用餐的人大概都是附近的上班族。

一想到光是決定要吃什麼大概又能耗上半天，三郎又採用老方法——挑離自己最近的那家。

小真也跟著，他向小真說：「妳可以自己挑妳要吃的。」說完，拿了張五百元紙鈔給她。

「我剛好也想吃蛋包飯。」小真說。

因為沒有其他客人，他和小真就站在櫃台前想著要點什麼，店員耐心的等著。三郎從頭到尾都沒什麼意見，他盯著菜單上最便宜的番茄蛋包，心想這就是今天的午餐。

直到小真的注意力擺向菜單以外的地方時，他才問道：「選好了？」

「嗯，就這個有起司豬排的。」

「那我要這個。」他指著番茄蛋包飯。

店員複述了一次兩人的餐點後，轉身把點單交給後廚。

看著店員的背影，三郎突然很好奇對方是怎麼看他的？

像他現在一個四十歲的男人有個十七歲的女兒是不是太年輕了？

不過除了給人「這是對父女」的印象以外，其他猜想都很不妙。

但是像這樣，身邊有個女孩子陪著自己的感覺真的很好。

儘管三郎很在意別人的目光，但內心又有種衝動想告訴店員：「這女孩是跟我一起的。」廢話，從兩人會一起點餐就知道了。真要這麼說反而會被當神經病。

三郎想起以前被班上一個討厭的傢伙強迫去便利商店買安全套。那傢伙說想看看店員發現這麼醜的人也會用上那東西會有什麼反應。

那時三郎國中，所以他們特地幫三郎換上便服，保險起見還跟其中一人的哥哥借了證件。雖然三郎和那人的哥哥一點都不像，但這群人認為沒有國中生長這樣子，所以他們相信三郎一定能達成任務。

結帳時三郎覺得很難為情，只好裝作自言自語：「不知道哪一種用來吹氣球最好。」

他希望店員能聽見，這樣店員就不會想太多了。

結果店員一點反應都沒有，刷了條碼，收了三郎手心中的錢，一句話也沒說，一眼都沒看三郎。

他想多了。

現在只是普通的點餐而已，就算小真在身旁也沒所謂，那店員就跟二十多年前的店員一樣，一點反應都沒有。

他們兩人領了餐，坐到偏僻的位子去，三郎覺得自己是真的想多了。

「好吃嗎？」

「嗯。」小真微微點頭。

「嗯？」

「蛋包飯就是那樣子嘛。」

要弄得難吃好像也不容易。

「對了，」小真從口袋拿出五百元，說：「還你。」

「你自己收著也沒關係，反正早晚用得到。」

三郎說完，看了看小真的盤子，又看了看自己的，覺得這一份兩百圓的餐點分量還真少。

他用湯匙和叉子切了一塊完整的蛋包和飯，想放到小真的盤子裡。

不……還是算了吧。

正在考慮時，小真用叉子指著他盤中的小番茄，問：「吃嗎？」

「妳要可以拿走。」

小真叉走番茄，番茄被戳破，一小攤血漿色的茄汁留在三郎盤裡。

「等等要先回家嗎？」

小真問，當然她自己也沒地方可去，只能繼續為了下禮拜的工作練習。

「我去郵局辦點事情，剩下的時間就等小孩放學。」

「嗯。」

「一個人沒問題吧？」好像問過很多次了。由於工作的關係，三郎很少回租屋處就寢，雖然小真偶爾也會因為同樣的理由外宿，但大半時間都還是讓她看家。

「就算是小偷也不會在你家下手的。」小真說完，又輕笑道：「哪會有什麼問題。」

既然提點了，那也就是盡了提點的義務。剩下的就讓那女孩自己一人打理。

結束午餐，分手後，三郎趕在三點半前到郵局辦完事，離裕良放學還有時間，能順道去醫院一趟。

裝著玩具的袋子拎在手上，袋口用百貨公司的膠帶封著。今天回家後得先找個地方把禮物藏起來，一個裕良絕對不會找到的地方。

明天就是兒子生日了。三郎搭上公車，公車上的人不比昨天少，但還是空了幾個博愛座的位子。

三郎坐上博愛座，腦中還在想著手上的禮物該先藏在哪裡。

4

今天媽媽提早下班，為的就是裕良的生日會。

三郎借了妻子的機車，來接兒子放學。

「今天預賽，跑了第二名。」

兩人乘在機車上，裕良的聲音傳至三郎耳畔。他正在說週六學校園遊會的事。

園遊會和運動會一起辦，只是萬一碰上下雨，運動會就不得不取消，所以各班級主要還是把重心放在園遊會上，再說，園遊會才是大家都能參與的活動。

「還有預賽啊？」爸爸問。

「嗯，每班一百公尺代表，今天要先試跑。」

三郎說既然先試跑了不就知道對手的實力了嗎？這樣要是最後一名的孩子和其他人落差太大，會不會就索性不跑了？

三郎一直以來都是扮演這種角色，若是他肯定會在比賽當天躲起來不出席。
搞不懂學校在想什麼。
不過他還是說：「第二名呀……挺厲害的嘛。」
「不過第一名那傢伙太強了。我們後面的人都輸他一大截。」
「你有盡全力跑嗎？」
裕良低吟一聲，回道：「沒有。」
「那就等決賽時嚇他一跳吧。」
裕良的跑步速度很快，他不可能會輸給任何人。
「嗯！」
回到家，看見兩個大披薩和熱食擺滿了餐桌。這讓裕良忍不住發出「喔喔喔」的聲音。
他東張西望，想找禮物在哪裡。
不過依照以往的生日會，要在裕良閉上眼許願時爸爸才會偷偷把禮物拿出來，所以現在禮物當然是藏在安全的地方。
兩人前腳踏進家門沒多久，門鈴聲就響了。
「是阿姨他們！」裕良拉著三郎到玄關迎接表兄妹。
三郎向女人寒暄。因為妻子事前告訴她姊姊了，所以對方並沒有露出咤異的模樣，雖然表情有點僵硬，但還是盡可能用笑容掩飾過去。
裕良的表妹婉婷年紀還小，可能對三郎的事一無所知，牽著媽媽，嘴裡咬著左手的拇指。

表哥彥志則是睜大了眼睛凝視著三郎，但也沒多說什麼。

這反而讓裕良覺得奇怪，媽媽就算了，怎麼連阿姨的反應也是這樣？大家都好像覺得爸爸的存在很正常般，沒有人提出疑問。

像裕良，至少還會問爸爸能陪他多久。他知道，爸爸陪伴他的時間僅限一個禮拜，是有限的。

兩家人吃著披薩，大人們在餐桌前聊著未來升學的話題，小孩就在客廳看電視，只是裕良也注意到，彥志一直在注意爸爸的一舉一動。

「怎麼了？」他忍不住問表哥。

「那個啊，還真厲害……」

「什麼哪個？」

「就是那個啊，是機器人嗎？」彥志壓低聲線說：「之前我看新聞有報過，以現在的技術好像能讓它們自由活動了，只是聲音還是得事先錄好。你們是怎麼做的？不只長相，聲音跟姨丈也一模一樣。」

說完，彥志又喃喃自語說著：「不可能吧，是請姨丈先錄好音的嗎？這也太厲害了……」

「你說什麼？」

「在這裡不能講，等等再說。」

表哥說完，又若無其事地走到餐桌倒了杯可樂，他仍在看著爸爸，看著三郎的頸子，好像在找什麼東西似地。

趕在大人察覺前，彥志一臉失望地跑回來，說：「竟然連接縫都沒有……」

裕良想叫表哥把話說清楚，但表哥只是搖搖頭。

吃完披薩，媽媽從冰箱拿出蛋糕，插上蠟燭。蠟燭點燃後，爸爸把所有燈關掉，室內只剩下微弱著的火光在黑暗中搖曳著。

「要許願囉。」媽媽說。

三個願望。

揀選了好一陣子，裕良只想選些有辦法成真的願望。

但說出來就不會成真，所以裕良在心中默禱著。

吹熄蠟燭，阿姨抓著表妹的手替裕良鼓掌，媽媽打開電燈，爸爸正抱著裕良的禮物。

「生日快樂！」爸爸說。

裕良接過禮物，和他在紙條上說的一樣，都是他想要的玩具。這時三郎挪開身子，藏在他身後的是一輛全新的溜溜車。

溜溜車不在裕良的願望清單裡，因為那超出規定好的一千圓了。

結果今年的生日，他從父母親那收到了三份禮物。

阿姨他們也把準備好的禮物送給裕良，是他喜歡的超人玩具。

雖然裕良很想趕快拆開來玩，但阿姨他們還在。他抱著疊得高高的玩具說：「我先拿去房間放。」

裕良小心的把玩具放在床角的地上，心想著雖然家裡沒有足夠的空間，但這禮拜天應該能去公園騎車。

「嘿。」

背後傳來表哥的聲音。

「我剛剛看過了，真的沒有耶。」表哥說。

「所以到底是什麼呀？」裕良有點不耐煩。

「開關呀，或是控制桿之類的東西，我在想是不是跟電路一樣藏起來了。姨丈身上都沒有這些玩意。」

「怎麼可能會有。」

「一定有的，現在的技術還是要有人遙控機器人，至少要有辦法接受指令，像是天線那種東西。」

裕良聽不太懂彥志的話，不過他很清楚爸爸才不是彥志口中的機器人。

「所以我就說了！爸爸他不是機器人啊！」

「不然是什麼嘛？」

「……就是爸爸啊。」

「這怎麼可能。」彥志輕笑道：「你不好奇嗎？那東西如果不是機器人還會是什麼？」

裕良不想回答。

「阿姨有跟你說嗎？」

「說什麼？」

「姨丈……不，那東西的事。」

裕良什麼都還沒說，彥志光是看表弟的表情就知道他什麼都沒被告知了。
「我偷偷跟你說，但是你不要告訴大人。」
裕良不想聽。
只是彥志還是說了。「我媽說，要把那人當作姨丈。你知道她這麼說的意思嗎？」
裕良仍沒有應聲。
所以彥志繼續自己答道：「代表那不是姨丈，不是你爸。你知道的，姨丈他早就……」
裕良小聲說：「閉嘴。」
聲音傳進彥志耳裡，彥志微微皺眉說：「我以為你會明白才跟你說的。」
「我知道。那就是爸爸。」
畢竟三郎的一切都和爸爸一模一樣。
當然是爸爸。
「才不是，你爸已經死了。」
聽到這句話，裕良攥緊拳頭，朝彥志衝去，彥志個頭比裕良大得多，他接住裕良的拳頭，同時握住他緊接著要揮拳過來的另隻手。
「你幹什麼啊！」
「收回去！把那句話收回去！」
「你是笨蛋嗎？我是為了你著想耶，阿姨在騙你耶！」
「才不是！你閉嘴！」

這反而激怒了彥志，他吼著：「你爸早就死了！被車撞死的！那東西才不是你爸爸，你爸死了！」

裕良使勁揮著拳頭，彥志情急之下踢了他肚子一下，裕良發出乾嘔，頓時失了力氣。

彥志揶著臀部退到牆角邊，看著倒在地上的裕良，說：「不要騙人了！那是花錢買的吧？還是租的？」

「閉嘴……」

裕良只能痛苦地在地上呻吟。兩人的爭吵引來大人的注意，爸媽和阿姨都到房間來了。

先開口詢問的是阿姨，她似乎已經猜到發生了什麼事。

「我說姨丈已經死了。」不知道是不是故意的，但彥志說這句話的同時，正看著三郎。

「彥志！」阿姨喝斥道，雖然她的目光也放在三郎身上。

三郎只能苦笑，他走近裕良，想攙扶他起來，卻被彥志擋著。

「你……不要靠近他。」

「別這樣！」裕良又聽到阿姨的喝斥聲，但阿姨好像也不知道到底是該叫兒子住嘴還是怎樣。

「你明年還會來嗎？」彥志問三郎。

這問題不是三郎能回答的，他也不想騙小孩，所以他什麼也沒回。

彥志繼續說：「我聽到媽媽跟阿姨講電話，你這禮拜天就會離開了吧。」

三郎點頭。

「裕良又不是白痴，他是在配合你。像這樣，只待一個禮拜有什麼意義？反正早晚都要走，不如趕快滾。」

「不要再說了！」阿姨來到彥志身旁，想把他帶走，她的臉色很難看，尷尬、憤怒，好幾種情緒同時混在一起。

「我、我先帶彥志回家，妹妹也累了……」

彥志不甘願地在母親半推半就下挪動腳步，離開前還回頭朝裕良喊道：「相信我！你被騙了！」最後彥志好像還喊了些什麼，可是阿姨摀起了他的嘴，裕良聽不見。

他一直哭，他不想在生日時哭，是呀，今天是他的生日，但他卻止不住淚水。

三郎和媽媽都來到他身邊，媽媽抱著他，三郎蹲在他身邊，擔心地看著他。如果是平常的爸爸，或許也會擁著他，但是三郎沒有，只是平靜地看著他，那是在同情還是憐憫他呢？好像自己真如同個受盡委屈的孩子一樣。

所有人都不知道該說什麼，只能等他哭完，哭完就沒事了。

裕良聽見媽媽跟三郎說了聲：「讓他靜一靜吧。」

三郎是怎麼回的？大概是點點頭。兩個人離開了房間，裕良不想讓他們太擔心，尤其是三郎。

他帶著哭腔問道：「你明天還會在嗎？」

「會的。」聽見三郎說，裕良點頭，只是他發現這次沒辦法再像前幾日般稱呼他「爸爸」了。

三郎和妻子離開兒子的房間。妻子的手機響了。

「是我姊姊。」妻子說。

她接起電話，三郎也依稀能聽見電話那頭的女人不停道歉。妻子則說著「不要放在心上」「這不是彥志的錯」云云。

吃剩的披薩和蛋糕，以及玻璃杯內半滿的汽水，三郎把它們收拾好，妻子木然地坐在餐桌前。

「對不起，」妻子說：「我明明就跟我姊說過了……」

「沒事。是我這邊比較抱歉。」

「關於原本說好的一個禮拜……」

「要更改隨時都可以，等收拾完我就去把自己的東西準備準備。」三郎說。

畢竟他這個「父親」的存在已經沒意義了。

「不是的，我是希望您能繼續留下來，至少等到裕良學校的園遊會結束。」

「但是萬一又發生像今天這樣的事……」

妻子哀怨地低下頭來，說：「如果發生了就發生了吧。」

「這對裕良很不公平。」

「對誰都不公平。」三郎看不見女人的表情，只聽見她說：「老天擅自把你奪走，對我們才是最不公平。」

「太太，我不是他。」這句話在業務履行期間是不能說出來的，但現在這條規矩顯得無謂。

「嗯。只是很像而已，」妻子說：「像到沒有人分得出來。」

她繼續說：「我不知道委託你到底是不是對的，我到現在都不確定。」

「我明白。」

「我不是沒有告訴過裕良，爸爸已經死了，他知道，我也知道。我先生出車禍，已經死了。可是為什麼？為什麼他接下來的人生都不能再見到爸爸呢？這才是我覺得最不公平的地方。」

妻子正啜泣著。

「讓陌生人住進家裡，知道了誰都會罵我是神經病，你還是個男人……連我自己都不知道在做什麼了，我只是想讓裕良能再和爸爸一起慶生而已，就只是這樣呀！就算是假的又有什麼關係？」

耳邊傳來開門的聲音，不久，門關起來，接著是蓮蓬頭的水聲。是裕良，他去洗澡了。

這幾天父子倆都一起洗澡。

三郎想放下手邊的杯盤，可是卻沒辦法提起勇氣。

他在廚房洗著餐具，水柱反覆沖刷著已經洗好的瓷盤，三郎覺得自己窩囊極了。

這種時候，裕良的父親會怎麼做呢？他在思索著，畢竟他一直以來的行為模式都是複製著那個死去的男人。

沒有答案呀，不可能有答案的。

所以他只能默默地洗著碗盤，好讓自己不用面對相處不到一週的妻小。

5

要完全理解一個人是不可能的，只是三郎會把這件事做到極致。即使沒辦法透徹地理解，至少能比任何人都還要了解那個人，家人是怎麼看他的？同事是怎麼看他的？所有認識他的人是怎麼看他的？這些三郎都會調查清楚，所以他絕對不會失誤。

所以在裕良生日的隔天，他仍繼續扮演著父親，妻小也是如此，過了那一晚，所有人都不再質疑三郎的身分，他就是妻子的丈夫、兒子的父親。

日子順利地過了下去，就算問題擺在那，但只要大家都有默契不觸動它，那問題本身也構不成問題。這不是在逃避，純粹還不是時候面對罷了。

「裕良的比賽在早上，記得是十點半吧。」妻子說。

早上學生還有其他活動，所以送完兒子上學妻子先返家，等時間到了再出門。

「中年級沒有大隊接力，只有個人短跑。」妻子說。不然等裕良升上高年級，一定也會安排在第一棒或最後一棒這種主力位置。

來到裕良的學校，七彩色的充氣拱門和人偶擺在校門，許多家長都來了，就和三郎他們一樣，大家都是為了子女。

中年級的學生能做得事情很有限，所以大多數的攤位都是請學生家長幫忙顧，而在之中又有八成是在賣飲料的。把飲料從兩公升的瓶子裡倒出來並加上冰塊，即使是平常不幫忙家務的孩子也能做得很好。

裕良的班導師也在攤位上，看見妻子，朝她打招呼。

班導師手上有學生的基本資料，所以也知道裕良的家庭狀況。

「我大致聽說了。」老師說，並向三郎點頭致意。「不管怎麼樣，我也希望裕良開心。」她像是在道歉般地說：「其他學生還有家長應該都不知道，所以不要緊的。」

「讓老師擔心了。」三郎說。

班導師沒見過裕良的父親，裕良父親出車禍時，他才二年級。升上中年級後，導師也換了。所以面前的女人也很難有什麼反應，她不像妻子的姊姊，她只會覺得整起事件莫名其妙而已。關於三郎的工作，有些人可能一輩子都無法想像這世界上有人正以此謀生，更無法想像有許多人都需要像三郎這樣的存在。

「對了，老師有看見裕良嗎？我們正在找他……」妻子問。

導師拿出手機看了一眼說：「嗯……裕良是跑一百公尺的嘛，那這個時間應該在操場那。」

「欸，裕良不是在那嗎？」三郎拍了拍妻子的肩，指著攤位角落正在倒汽水的裕良說。

老師也轉身，看見裕良，驚訝地喊道：「你怎麼還在這！」

裕良放下手邊的汽水，拖著腳步走過來。

這幾天都是這樣，有氣無力的樣子。

「身體不舒服嗎？」老師問，而裕良只是搖了搖頭，摸了摸鼻子說：「只是忘了。」

「爸爸媽媽都來看你了，今天要加油哦！」老師蹲下身替他打氣，裕良面無表情的點頭，也沒跟三郎和妻子打招呼，一個人往操場方向走去。

那落寞的背影，三郎沒辦法放著不管。

妻子緊握著手，放在胸前，她也在擔心孩子。

三郎明白，這幾天他的確是在逃避沒錯，不想面對兒子的問題而選擇逃避。畢竟他只是個外人，妄想站在父親的角度與兒子相處終究還是太猖狂。

不過若是再錯失這機會，他和裕良的緣分就結束了。三郎有這種預感。

他追上裕良，抓住他的手臂，裕良回頭，哀怨地看著他。
「能跑嗎？」三郎問。
裕良點頭。
「如果不能跑的話，就別跑了。想跑再跑吧！」
「我能跑的。」
「能拿出全力嗎？」像是在質問，三郎的語氣有點強硬。
裕良不知道，聳了聳肩。
「我已經很久沒有全力跑了，不知道還辦不辦得到。」
裕良繼續說：「我覺得自己忘記那種感覺了。」
「什麼感覺？」
「努力的感覺、全力衝刺的感覺。」
「像忍者一樣。」三郎跪下單膝，雙手扶著兒子的臂膀，說：「你跟爸爸說過，那種跑法最快。」
「好像是這樣。」裕良稍稍皺眉，看著三郎問道：「那是真的嗎？」
「別人我不知道，可是我相信那對你而言是最快的。」
「嗯……」裕良說：「我會試試看。等一下，就試試看那招。」
「必殺技。」
「對，必殺技。」

三郎鬆手，裕良轉過身，繼續往操場的方向走，不時回頭看著三郎，確認他是不是還在那裡。

三郎目送兒子離去。妻子問他跟裕良說了些什麼，三郎含糊地帶過去，他看過裕良跑步的畫面，那是裕良小學一年級比賽時，爸爸幫他錄的，三郎只是憑著摘自錄像的那份記憶，把想說的話告訴兒子而已。

一圈三百公尺的PU跑道，五名學生站在起跑線上，運動服上還掛了背號，學生的家長和學生都圍繞著跑道白線外替他們加油。

裕良故意不看向三郎。三郎告訴自己，這只是兒子的習慣，他從以前就是這樣，看見爸媽替他加油反而讓他緊張，只是三郎還是會站在場邊看著兒子，將兒子活躍的每分每秒保存在記憶中是父母親的義務。

發令員舉起手，所有參賽者就緒。大多學生都把注意力放在面前的白線上，好讓自己的腳趾尖更貼近起跑的白線些，只有裕良把身子壓到最低，雙手往後擺。

「那孩子的姿勢真好玩。」三郎聽見隔壁的家長這麼說。

三郎忍不住喊道：「這次要拿出全力呦！」

裕良沒有反應，但三郎知道他肯定聽見了。

在那之前，裕良都不敢全力衝刺。

第一次見面時，他騎著溜溜車，緩慢又平穩地一個人騎著。

看見有著父親模樣的三郎，他想加快速度，甚至就這麼衝向父親。

但是，他不能讓車子撞上爸爸……

「不要再放水啦！」三郎繼續喊道，就算這讓兒子感到難為情也無所謂，他必須喊出來。

槍鳴。

五名學生同時衝出起點線，雖然只是一百公尺，不過是二十秒內了結的賽事，但勝負在初始的第一秒就幾乎底定了。

裕良很快。

像三郎告訴他的，他模仿著動畫裡的忍者跑步，領先其他三人一段距離，幾乎和第一名的孩子並行。

他似乎還能更快，裕良把身子放得低到不行，雙手幾乎不會帶來任何阻力。

五十公尺、六十公尺、七十……

重心不穩。

那是一轉眼間發生的事。

裕良摔倒了，滾了幾圈。

翻滾時，其他人的比賽已經結束了。

很多人發出驚呼聲。

他們在等裕良站起來，裕良也想這麼做。

只是膝蓋磨破皮了，或許還能再跑，但衝刺是不可能了——即使是走到終點線，都必須隱忍著疼痛。

三郎翻過界線，跑到兒子身旁，將他揹起來。

剩下的三十公尺，發生在十五秒之間。

當他踏上終點線時，許多人都替他們鼓掌。三郎覺得不好意思，像這種劇本般的情節，怎麼說都還是得由裕良的父親自己來才是。

這短短幾公尺，還不足以逼出汗來，但三郎仍感覺到背後傳來溫熱濕滑的觸感。

三郎感覺得到，裕良正把臉貼在自己的背上，他不想讓人看到自己哭花了的模樣，他也知道好多人正盯著他看。

沒有人會嘲笑你的。想了想，三郎覺得沒必要把話說出口。

他揹著兒子，和擔心的妻子一起到保健室，讓保健士阿姨替裕良上藥。裕良咬著牙，看著傷口，臉上留著淚痕，但已不見淚水。

「那樣子跑步，太危險了！」妻子說。

「不那樣跑就快不起來。」裕良回嘴道。

「老師沒有教你正確的跑法嗎？」

「嗯。」裕良說：「不過我並不後悔。如果還有機會，我大概也會用這種方式，繼續跑。」

妻子嘆了口氣，也拿兒子沒辦法。

裕良並沒有出賣三郎，畢竟叫他用這種跑法的人是爸爸。

只是——

「其實爸爸早就說過了，以後還是盡量別這麼拼命，好好跑就行。」

裕良是看著三郎說的。

他想告訴三郎，他錯了。

父親早就告訴他，別學忍者跑步、別用必殺技了。

三郎不可能知道，因為這段回憶三郎沒有被告知，他只看過那段父親替兒子錄下賽跑的同時一邊替兒子歡呼的影像。

三郎一句話也說不出來。他所扮演的父親失真了，自作主張說了那個男人不會說的話。

「所以謝謝你。」

裕良說：「我真的好久沒有像今天這樣，全力衝刺了。」

像是明白了許多事情，兒子說出口的同時，也靜靜地閉上雙眼。

「你們能來看我比賽，真是太好了。」他說。

6

隔天清晨，三郎補好妝，他這幾天帶來的衣物連同盥洗用具已經整理好放進行李袋了。合約其實在半夜十二點時就到期了，但裕良也知道過了十二點父親就要離開了，所以遲遲不肯上床睡覺。

裕良還故意開玩笑道：「好像灰姑娘似的。」

三郎只好等他熟睡後再悄悄離開。他努力不發出任何聲響，他不想吵醒任何人，雖然這是工作，但離別總是讓人惆悵，三郎很難割捨一切私人情感辦事。

他常取笑小真情緒化，其實自己也沒好到哪去。

昨天晚上，送裕良回房間後，妻子突然問起他接下來打算怎麼辦。

「別看我這樣，其實工作還蠻多的。」三郎笑道，並補上一句：「家裡也還有人在等我。」

當妻子追問他為什麼會從事這種工作時，三郎則說這是陰錯陽差的結果。

妻子沒看過他卸妝的樣子，他也沒打算讓這個家的人看到。

就好像有些女人會趁著丈夫醒來前先上好妝一樣，聽起來有點歇斯底里，卻是很多人的日常。三郎覺得自己也像極了她們。

妻子沒有追問，可能暗自認定做他這種奇怪工作的人一定有難言之隱，如此還要揭人瘡疤太失禮了。

「雖然我還沒有確定，只是，呃，三郎先生會繼續做這份工作嗎？」妻子問。

「我想我一輩子都只能做這一行。」三郎說：「畢竟我沒有親人，活到現在都是自己一個人走過來的，所以不用想著要怎麼騙家人，或是煩惱如何跟朋友介紹自己的工作。萬一真的被問起，我都說這叫人力派遣。」

「是蠻貼切的。」妻子的語氣淡淡地，但看得出來很認真在思考三郎的話。

「會產生交集的對象都是客戶，不過工作結束後我們也不會再聯絡了，所以沒關係。」

「……關於我姊姊兒子的事，還是很抱歉，但那孩子真的不是故意的。」

「請別放在心上。他那種反應也是難免的，這不是我們能控制的。」本來想說，像彥志那種反應或許才是正常的，但三郎還是把話吞了回去。

「可是我覺得三郎先生的工作不是沒有意義，至少……我和裕良都很謝謝你。」

「能聽到你們這麼說我就滿足了。」

「雖然我還是不知道這樣做到底對不對，可是，如果明年有機會的話，我還是希望能拜託您來幫裕良慶生。」

明年呀……

聽起來好遙遠。

很多事情談到「下次」就都被排到明年去了。小真也說過生日的事，同樣要等到明年。

遙遠到無法想像。

所以三郎只能姑且回道：「如果裕良不嫌棄的話，我很樂意再來。」

只是自生日會那天後，裕良就沒再稱呼他「爸爸」了。

這是一定的，那晚藉彥志之口，家家酒結束了，要裕良再稱呼自己「爸爸」是不可能的。三郎並不是想要取代裕良生父的角色，只是既然自己扮演著他的父親，經過這幾日相處，多少會有著能被那孩子繼續當做「父親」所喜愛的願望。

一直以來他都太入戲了，但若是不這麼做，是無法變成其他人的。

至少和裕良的嫌隙已經在離別前解開了，那也不該再多奢求些什麼。

「晚點我會整理好行李，等裕良睡著後我就會離開。」

妻子正要開口，他便說道：「不必特地替我送行，我也不希望打擾您的作息。」

「不會的。」妻子客氣地說。

「我是考量到裕良。請替我向他道歉，用這種沒禮貌的方法道別。」三郎苦笑道：「明天又是禮拜一了，您辛苦了。」

妻子也蹙著眉笑了笑。「……是呢。又要上班了，接小孩還有家事，明天開始就沒人能幫忙了。」

「媽媽的辛苦裕良都看在眼裡。」

「他的確是個懂事的孩子。」

妻子說完，輕嘆了口氣後，露出淺淺的微笑。

「那麼晚安了……三郎先生？」

「晚安。還請保重，佩君小姐。」

妻子回到自己房間，不久，從門縫透出的燈光也消失了。

這一切都才發生在幾個小時前，而在更早之前，一家人還坐在客廳一起看電視。現在都結束了。

三郎再次檢視房間，確認沒有任何遺留的私人物品，這是客戶留給他的空房，臨走前他盡可能維持原狀，不想留下任何曾在這裡生活過的證明。

輕輕地，關上門。那對母子正熟睡著，三郎絕對不能吵醒他們。

他提著行李袋，經過他們的房間，沒留下任何腳步聲，穿過黑壓壓的客廳，直到抵達玄關才壓下電燈開關。

想從鞋櫃裡拿出自己的皮鞋，卻看到一張卡片——但與其說是卡片，更像是便條，或是信。畢竟上面沒有任何塗鴉，只有簡短的字句。

三郎看著那封信，露出微笑。

他穿好鞋，低聲說道；「我出門了。」

離開這間他寄宿一週的房子、離開這對他僅相識一週的妻兒。

直到回頭再也看不見那棟公寓時，他仍反覆咀嚼著那封兒子留給他的信。

謝謝你，爸爸。

第二章・扮演女友的她

1

男人說認識的人都叫他凱子，顧名思義，他很有錢，雖然這可能是他主觀認定自己很有錢，抑或希望別人認為他很有錢，但無論如何他真的相信有錢能辦到任何事。

「不過，如果是小真妳，可以叫我凱哥沒關係。」男人說。

那時，他們才見第一次面，約在捷運站附近的家庭餐廳，但男人已經表現得過分親暱了。

嗯……可以不要嗎？

小真很想這麼回，可是她知道三郎絕對不會允許她亂來。今天換作是三郎，肯定會無怨無悔地稱呼那男人「凱哥」吧——雖然很噁心就是了。

「來，叫叫看。凱、哥，凱哥。」這樣子就好像在教嬰兒說話一樣，但男人油膩的嘴配上發音時的嘴型實在讓人反胃。

就算是妹妹應該也不會這樣稱呼哥哥吧？小真強顏歡笑，心中暗自吐槽。

說來這份工作也是她自找的。

這半年來一直受三郎照顧，業務也是經由他仲介的簡單工作，雖然難易度低，多半是陪單身漢應付家人或是去喪禮當孝女充數，可是收入也低。

要接像三郎那種等級的case才養得活自己。

所以當有人想請她扮演妹妹，還開出漂亮過分的價格時小真馬上就答應了。

工作內容是讓客戶帶著小真和朋友見面，好向朋友證明自己不是沒有妹妹。雖然動機愚蠢過頭卻很好理解。

小真沒有把這件事告訴三郎，她想給三郎一個驚喜，像是趁他回家時把一疊鈔票甩在他臉上就是不錯的主意。

她從三郎的電腦裡私自印了一份合約書模板，內容大致規範了這項服務的守則，其中對她最重要的莫過於「不得和工作人員產生非必要肢體接觸」這點了。

那個叫凱子的男人也很爽快簽了合約，如此應該很安全才是。

實際上並不是這麼回事。

凱子說原本約好要見面的朋友突然有事，要晚點才到，於是便以此為由，要小真先和他回家。

凱子比小真年長七歲，現在是大學六年級，一個人在外租房子。看得出來房子事先整理過，也噴上芳香劑，只是整體仍讓小真覺得不自在。

雖然正常的女高中生身上不會帶著紫外燈，但此時如果往房裡照一照應該會很不得了。

再想下去會更不舒服。小真抿起嘴唇，想辦法放空腦袋。

凱子拍了拍自己的床鋪：「地方很小，妳可以坐在這裡。」

「沒關係的，我坐這邊就行了。」小真拉開書桌旁的椅子坐了下來。

總覺得連椅子都坐得不太安穩。

「想喝什麼嗎？」

「不用了。」

「那我替妳倒杯水吧。」

趁凱子走到廚房，小真趁機站起來調整裙子的長度。

從剛才開始那個人就一直把視線放在胸部和腿上。說話不看著別人眼睛就算了，難道他們都不知道女生對視線很敏感嘛！

早知道就不要穿什麼裙子了，應該穿雪衣來才對。

「來，水。」

「謝謝……」

小真接過水杯，把它放到書桌上。

「小真為什麼會做這種工作？」凱子問。

「啊？」

「工作啊，像現在這樣陪我，是小真的工作吧。」

「是這樣沒錯……只是我現在是你的妹妹，你這樣問我反而不知道該怎麼回答。」

「可是現在只有我們兩個人，等我朋友來再裝成兄妹就好了。」

「他們真的會來嗎？」

凱子無視小真的提問，繼續說：「而且如果你要當我妹妹，不是應該叫我『歐尼醬』嗎？」

死都不要。

小真抑制內心的殺意，乾笑道：「那樣太不現實了，我們公司不是做這種的。」

「可是這也是客戶的要求呀，當初妳不是還跟我保證會盡量滿足我的。」

小真想不起來說過這句話，她倒是常聽三郎這麼說，所以無形之中她可能也把三郎的業務用語背起來了。

結果卻被這噁男拿來利用。

「小真很受歡迎吧？」

「還好。」

「長這麼漂亮一定有男朋友吧。」

「呃……」

說是當妹妹，但這個人從一開始就沒有把自己當妹妹看待呀，這樣是要怎麼演下去啊！

小真在心中吶喊著。

「一定有吧？交過幾個了？」

「這是祕密。」小真把食指放在臉頰旁，朝他眨了眨眼。雖然當下很想掐死做出這種動作的自己，可是只要不停默唸「這是工作這是工作」咬緊牙關一切都會結束。

結果凱子好像很吃這一套，聽了龍心大悅，笑著回道。

「欸，祕密呀？」

「嗯，不能跟哥哥說。」
「哥哥」這兩個字用起來真是讓人雞皮疙瘩。
「那有撐竿跳過嗎？」
「……撐竿跳？」
「聽不懂嗎？沒關係沒關係。男朋友長什麼樣子，讓哥哥看一下。」
「才不要。」
「看一下嘛！」
凱子越來越逼近，還笑得很淫蕩。
忍不住踢了他一腳。
「啊，抱歉……」
「哈哈，沒關係啦，這樣才像妹妹嘛！」
被踹一腳卻顯得更開心，小真覺得這人真是變態至極。
再這樣下去肯定不行，她抓住空檔，用手機發了封訊息。
「我一直很希望能有個妹妹，和她這樣打打鬧鬧的。」凱子突然席地而坐，臉色黯淡地說：「家裡只有我一個人，所以從小就不知道怎麼跟女生相處。」
「嗯。」
看得出來。
「單身二十幾年，沒有女朋友就算了，還很邊緣，連一個朋友都沒有。」

「欸，你不是說朋友等一下會來……」

「那些白癡不算朋友，我說的是女性友人。」

「噢。」

「小真是現充吧？」

「啊，呃，嗯，姑且算是。」

雖然現充是怎麼定義的小真也搞不太清楚，不過從以前她就不覺得自己人際交往出過什麼問題，至少，是有朋友的。

「好羨慕呀。」

「嗯。」

「其實我覺得自己明明長得蠻帥的，但為什麼就是沒有女人緣呢？長得比我醜的傢伙都有女友了。」

「長相不重要啦，體貼比較重要。」小真嘗試安慰他說：「你應該先改正你駝背的習慣，儀態改變了會好很多，不管是男生還是女生，都比較喜歡跟有點自信的人相處。」

可能或許大概。小真只是說些聽起來中聽實際上沒什麼幫助的場面話，畢竟她從來沒去想過要怎麼讓自己受歡迎。

「小真你覺得哥哥帥嗎？」

看來跟這傢伙講再多都是白費工夫。

「哥哥很帥氣哦。」

「喜歡哥哥嗎？」
「喜歡。」
「會想跟哥哥結婚嗎？」
「不……這個就有點太超過了。」
「為什麼？」
什麼為什麼？這問題還需要回答嗎？
但小真還是心平氣和地解釋道：「如果你是想要女朋友，一開始合約裡應該就要註明你是希望我扮演女朋友。」
「可是我覺得小真比較像妹妹。」
真的好難溝通。
「就說真正的妹妹不會說什麼『想跟哥哥結婚了』啦！」
「真的嗎？」
「嗯，真正的兄弟姊妹，絕對不是你想像中的那樣子……」
「可是我相信小真。」
小真拳頭一緊，又敦促自己快點深呼吸。
「小真，哥哥真的好邊緣，你可以安慰哥哥嗎？」
「哥哥加油，你一定辦得到的。」
「我說的不是言語上的鼓勵。」凱子用宛若受虐小狗的嗓音哭道：「可以給我一個擁抱嗎？」

「那個你去車站晃晃應該會有人願意抱抱你……」
「不用抱也沒關係，稍微碰一下就好了，一下下就好。」
「……合約上有說不能有肢體接觸。」
「那是說不能有『不必要』的不是嗎？現在哥哥很難過，想讓妹妹安慰一下不行嗎？」
「不要，真的不行，你不要碰我。」
小真從位子上跳起來，可是凱子卻從另一邊堵住她的去路。是床吧，那傢伙從一開始就想把自己逼到床上。
「可是小真妳做這種工作，不是一開始就想給人機會嗎？」
「才不是。」
「還有我帶你回房間時妳不是沒有拒絕嗎？妳不可能不知道吧？男朋友當初應該也是這樣和妳上床的吧？」
「沒有……」
「而且怎麼想都是我比較吃虧，妳又不是第一次……應該是妳要主動點不是嗎？」
小真看了一眼緊握著的手機，想著三郎到底什麼時候才會來，卻發現自己沒有把地址告訴三郎，就算三郎讀了訊息也沒用，他根本找不到小真。
只能靠自己了，但是小真沒自信能逃離眼前男人的魔掌。
「可以吧？喂，我可以加錢的，反正妳不就是……」
「滾開！」

小真又踹了男人一腳，這次加重力道，凱子露出痛苦的表情——但只有一瞬間，就在小真奔到玄關，轉開門把，眼看就要逃出去時，卻被那男人抓住，摟在懷裡。

凱子喘著氣，氣息就在小真耳邊搔弄著她，她尖叫，心想若是叫聲引起別人注意，可能還有脫逃的機會。

但是平日白天鄰居大多上班上課去了，恐怕整棟公寓裡除了他們之外沒有其他人。

突然，門開了。

看見門口那男人時，凱子也嚇到了，鬆開手，忍不住脫口道：「好噁心的臉。」

小真立刻逃離凱子，抱住三郎。原本三郎那張臉現在因為不悅更顯嚇人。

然而他開口第一句話不是安撫小真，而是問她有沒有跟人收錢。

「如果有就把錢還回去，這工作不要做了。」

聽見三郎這麼說，小真霎時感到悵然。

她搖搖頭。小真嚇壞了，說不出話，繞到三郎背後，抓著他的袖子。

三郎隨後從皮夾裡取出幾千元遞給凱子，說：「請不要追究。」

凱子定定地收過錢，他也嚇到了，被三郎那樣子嚇到，心想他八成是黑社會的人，穿著西裝，而臉大概是被人弄過才變這副德行。

他什麼都沒說，只能目送三郎帶著小真離開。

回家的路上，下起了雨，短短幾秒，微雨轉成暴雨。

三郎脫下外套，蓋在小真頭上。

「抱歉。」過了許久，他才說：「我也是第一次碰上這種事，我真的不知道該怎麼辦。」

「是我不好……」小真說，聲音很細，在這場雨中幾乎聽不見。「是我自作主張接下這份工作。」

三郎應了一聲，再次道歉。

「我在想，我應該揍那傢伙一頓。」

「你打得贏他嗎？」

「大概打不贏，一直以來我都是挨揍的那方。」

「那就算了吧。」

忽然間小真像是想起了什麼，看著三郎問：「你怎麼找到我的？」

「妳把那傢伙的合約留在家裡。」

「可是，你不是也在工作嗎？」小真喃喃道：「你從別人家趕來的，中途又繞回家……？」

「還好有趕上。」

「嗯。」

沉默地在雨中又走了一小段路，雨點打在三郎的外套上，小真低著頭，柏油路上快速積起的小水漥映照著兩人的臉。「到這邊就可以了，大叔你回去工作吧。」

「那邊我也推掉了。」

「咦？」

「那只是工作而已。」

小真長長地「噢」了一聲，最後才補上一句：「抱歉。」
緩緩吸氣，憋在肺裡，悶上好一陣子才吐出。
她不確定為什麼要選在這時候坦白，可她還是說道：「我其實沒有跟誰睡過覺。」
「我知道。」
「你知道？」
三郎沒有正面回答他，小真也沒看著他，不知道他此時的表情是什麼樣子。三郎說：「不確定有沒有用，可是我認為隨身帶著安全套是用來保護自己的。」
「你又知道我沒準備了？」
「我想妳沒這麼細心。」
小真這才覺得有辦法展開笑顏了。
「以前我的朋友也說過同樣的話，可是和你不同，那個人很放蕩。」
「你們才十七歲，能放蕩到哪去？」
「你快四十歲了，還是什麼都不懂。」
「我有收入，能自己決定錢要怎麼花。」三郎這句話像是在賭氣，不過也確實向小真暗示了些事。
「我告訴你我是處女，會讓你開心點嗎？」
「有什麼好開心的？」
「不知道，」小真又重複了一遍「不知道」才說：「你們都喜歡處女，不是嗎？」
「這是偏見。」

「別好像了，老實承認又不會笑你。」
「嗯，應該吧。」
「處男。」
拋下這句話，小真彷彿剛才這番對話都沒有發生過似地，放慢了腳步。
三郎也配合他的步調，既然襯衫已經濕透了，那麼雨淋得多淋得少也無所謂。
「我還是覺得你應該要罵我。」
「有什麼好罵的？」
「不知道。」
三郎覺得小真今天很喜歡說這句話，也可能是她原本就有著拿這句話推託掉所有事情的習慣，只是今天特別頻繁罷了。
她說：「因為我瞞著你擅自簽約，還為了我而害你把工作推掉了，再不然也可以說我讓你賠了幾千塊給那人渣，或是怪我怎麼那麼笨，連那人在想什麼都搞不清楚，這些都可以。就連現在，你若淋雨感冒了，都是我的錯。」
「那就當扯平了吧。」三郎說：「我見到你時也不是先關心你，而是想到錢的事。」
「你是老闆，那種反應很正常。」
「不，這樣是不合格的。我很抱歉……」
三郎頹喪的樣子小真也透過水漥看見了。
「合格什麼呀？」

三郎沒有回答。

小真也沒有細究，說：「好吧，那就當扯平了。」

低落的情緒會相互感染，道歉的輪迴也會持續下去。

「只是如果還有下次，請一定要找我商量。」

「會的會的，什麼事情都會跟大叔報備的，包含生理期。」

「那種事情就不必了。」

「就不怕有派上用場的時候？」

「不會有那種時候。」

那加油吧，如果是你的話，就算拿不到一百分，拚個六十分合格也是有機會的。

儘管雨仍在下著，小真卻覺得身體輕盈了許多。

2

放學後，父親帶著女兒到家庭餐館並不是什麼稀奇事。現在單親家庭很多，像這樣的光景未來只會越來越普遍。

只不過，坐在角落位子上的那對父女，比起親子更像是爺爺和孫女。

那是個頭髮花白，臉上也有好幾道皺紋的長者，穿著體面，年紀大概近六十歲，而女孩則是普通的女大學生打扮。

除了那女孩亮麗的外型以外，不是多能吸引人注意的組合，只是仔細想想又覺得突兀。

「不再考慮看看嗎？雖然酬金不多，但是比上次和這次都安全多了。」頂著一頭白髮的三郎指著桌上其中一份文件說。

「不要。」小真毫不遲疑地回道：「唯獨這件不考慮。」

「果然啊。」三郎遺憾地苦笑道：「我會請那孩子再等等。」

「等再久都一樣。放棄吧！」

「話別說得這麼絕嘛。這樣一味拒絕人家的委託也不是辦法，妳也要告訴人家妳的條件啊。」

「那就現在的費用上再加一百萬元，我就如她的願，去當她死掉的姊姊。」

「獅子大開口……」三郎碎唸道：「而且人家姊姊又還沒死。」

小真就是看準那孩子付不了這麼高昂的價格才會亂喊價。

「反正我沒興趣陪小孩扮家家。」

真過分呀。三郎心想。

撇除上次那場鬧劇不談，大多會委託三郎他們的人都是有苦衷或至少有些符合情理的理由的。

「那怎麼今天這個就願意了？」

「沒為什麼。因為這看起來比較簡單。」

小真摸摸臉頰，雖然她也上了妝，臉也確實變了個人，但感覺不到厚厚一層粉底壓在臉上的不適感。

「前幾天才碰上那種事，我不太想妳去接跟感情有關的工作。」

「色狼不是想躲就躲得掉的，就算你不去管他們，數量也不會減少。」小真說得頭頭是道，可惜三郎完全不明白。

「再說，這個女孩子，我覺得她不是這種人。」

「上次那個男大生妳也覺得對方不敢對你亂來。」

「所以說這次我依照約定帶你來了嘛。」

是啊。

這讓三郎覺得自己像是被女兒拖著來見她男友的老爹，雖然還是有些微妙的不同，畢竟女兒的對象也是女生。

三郎也還有工作在身，若不是如此，他就不會扮成一個年過半百的老頭，等著去參加不小心戴了他綠帽的老友的喪禮。

等他和小真的「女友」打過照面就要奔赴告別式會場了。

比約定時間遲了五分鐘，才看見一個鮑伯頭的女孩子匆匆地跑進餐廳，小真朝她招手，那女孩忍不住喊道：「小韓？」

啊，好像是這樣。

小真這次請三郎畫的妝是以一個暱稱「小韓」的女孩子為模樣。

那女孩小跑步過來，但越靠近兩人腳步就放得越慢，最後來到他們面前，才恭敬地鞠躬道：「抱歉，是我失禮了。只是妳和那傢伙簡直一模一樣。」

小真笑嘻嘻地用手肘撞了撞身旁的三郎，說：「很成功哦。」

「不好意思，這位是？」

「他是我老闆，妳可以先把他當空氣。」小真說。
「您好，請叫我葉子就好。」那女孩伸出手，三郎也回握道，說：「請把我當空氣就好。」
葉子入座後，小真從三郎的公事包裡拿出合約書，放到桌面上。「在請妳簽名前，我想再確認一次，除了化妝以外，我真的什麼都不用準備嗎？」
「嗯，不用，照妳平常的樣子和我相處就好。我想我提供的資料應該也不夠齊全吧。」
一旁的三郎聽了很想插嘴，可是他已經答應小真自己是一團空氣了。
小真點點頭。「雖然妳提供了好幾本書，但裡面的詩我看了還是不太明白。」
那些書是客戶不久前寄到公司去的，據說是那個叫「小韓」的女孩子生前在社團的活動紀錄。三郎記得那女孩好像是詩詞創作社的。
「這不要緊，我也看不太懂。例如裡面有一首是關於那個什麼壺的。」
「賽風壺。」三郎說完，立刻被小真瞪了一眼。
——空氣是不會說話的。
他和小真現在光是靠眼神就有解讀彼此內心話的默契了。
「啊，對，就是賽風壺。當初我讀完完全不知道在寫什麼東西呀，簡直跟小學生的日記沒兩樣，不對，比起小學生，更像是剛學會寫字的猴子吧。本來想說寄給妳妳搞不好能看出什麼端倪，現在看來不是因為我太笨，是那傢伙真的寫太爛了。」
「的確不怎麼樣。可是我也沒有在讀詩，老實說我覺得大部分的詩都不怎麼樣。」
「Me too.」說完，兩個女孩都笑了。

「那麼這次的工作內容……」小真把合約書翻到第二頁，密密麻麻的條例羅列在上，大多從三郎的合約書模板複製貼上來的。「是像女友一樣，假日陪妳約會，然後平日保持聯絡，這裡關於每天Line的聊天時間有沒有限制？」

意外的幹練啊，這小姑娘。經過上次教訓，三郎發現小真已經不像之前一般糊里糊塗，當然也可能是因為他在場才故意做做樣子。

但無論如何有進步就是好事。

「沒有。這邊看妳方便就好，如果在忙的話直接跟我說也無所謂，不用騙我要洗澡了。」

「然後約會時採完全ＡＡ制對吧？」

「對，因為我還是學生，打工的錢光是委託妳就不太夠用了。可以吧？」

「嗯，我也不喜歡吃軟飯。」

說這句話的同時，小真故意加重「吃軟飯」幾個字。

兩個女孩就這麼依合約內容逐條進行釋疑，甚至比三郎平時還謹慎。過去小真的工作都是由三郎當窗口，現在她一個人也能做到了。

這反而讓三郎感到一絲寂寞。

「當然太親密的肢體接觸是ＮＧ的。」小真說。

「嗯，沒有問題。我會尊重妳的意願。」

三郎觀察著那自稱「葉子」的女孩，雖然第一印象也對她不錯，可是總覺得這人理性過頭了。沒什麼太明顯的情緒起伏，尤其小真還扮成她死去女友的樣子。講起話來不但存在著陌生人之間的距離感，還像是鍍了層金屬般的殼，機械般地應對好讓對話延續著。
三郎耐不住性子，又插口道：「能冒昧請問一下嗎？」
「是要問我前女友的事吧？」
「是的，當然如果不方便說也沒關係……」
「不會不方便，只是並不是多愉快的事，所以反而是我比較不好意思。」
葉子說，前女友因為被人性侵所以自殺了。關於那起案件，發生的當下媒體和網路風向都是偏向加害者那方，後續也沒有下文。雖然家屬嘗試過替自己女兒討公道，但一方面沒有證據，另一方面女兒同學的證詞反而讓處境更加不利。
最後大家都放棄了，不論是女方家長或葉子，都放棄了。
「請節哀。」三郎什麼忙也幫不上，只能如此說道。
「沒關係，她本來就有憂鬱症，這對她而言不一定是壞事。」葉子說完又向小真囑咐道：「請把我剛才說的忘了，要想模仿那傢伙太難了。我也不想讓妳覺得不舒服，請妳保持自然、盡力就好。」
「唔，我知道了。」
「但是如果可以，胸部還是小一點比較好，那個人是洗衣板，妳的存在感太重了。」
三郎差點把剛入口的咖啡噴出來。
「呃，這個我就當作稱讚接受了。」小真有些尷尬地回道。
她不擅長擔任承接話題的那方。
「這麼說來，大叔也說過同樣的話。」

「我哪有！」三郎馬上反駁道。

「啊，你怎麼又開口了呢？空氣是不能說話的。」

「太卑鄙了……」

讓一個大叔像女高中生一樣講出這種台詞，太有趣了！

小真放聲大笑，音量甚至整間餐廳的人都聽得見，吸引了不少人注意。

這讓和女學生們同桌用餐的臭老頭三郎反而成了最奇怪的存在，他好像聽見人們低聲談論他，他分不清楚那是不是幻聽，只是直覺每個人都正瞪著他瞧。

「不好意思，我等會還有事，就先走了。」他向葉子點點頭，離開位子時，小真又故意補上一句：「早點回來呀，我做晚餐給你吃。」

這讓三郎更顯狼狽，逃跑似地離開餐廳。

看著那飛奔著如逃難般避走男人的背影，葉子也覺得莫名其妙。

「妳和那老男人是什麼關係呀？親戚？」

「老男人？哦，他其實沒有外觀看上去那麼老，當然對我們來說是個臭大叔沒錯。」小真一臉玩味地說著。

「沒什麼關係，只是同居人而已。」

3

晚上九點，小真還沒回家。

雖然小真有三郎給的手機，所以彼此能聯絡得上，只是三郎不想打擾她和客戶相處，所以也沒有打電話給她。萬一電話撥過去壞了她們的興致就不好了。

嗯……什麼興致？不，這只是小真的工作而已。

可是不久前小真才差點被人侵犯，雖然這次的客戶也是跟她一樣的女孩子，但這不代表小真不會碰上危險。

三郎的眼睛雖然盯著手上的文件，可是腦子裡完全在想小真的事。

「不是說好要做晚餐的嗎？」三郎自言自語——至於晚餐，他早就靠便利商店解決了。

本來就不該抱期待，因為小真一次也沒下過廚。

文件上的印刷字體此時看來扭曲且無時無刻在變形著，一個字都看不懂，即使看懂了，也不明白是什麼意思。

這時，傳來鑰匙插入門鎖的聲音，三郎急忙把手上的文件收進信封袋裡。

「我回來了。」小真說，看見三郎慌張的樣子，瞇起眼睛笑道：「在辦事？」

「不是妳想像中的那種事。」

「哼，我又什麼都還沒說。」她用下巴指了指三郎手中的信封袋。「支票寄來了？」

「啊，嗯……」

「是之前要你當爸爸的那家人寄的？有多少錢讓我看一下。」

「才不要！妳又沒出力！」

「唉呦，見者有份啊。」

小真往三郎身上撲來，三郎也不知道該怎麼抵抗，又不能把她推開，只好死死護住信封袋。

雖然在外流連了一整天，小真的身上還是散發著少女的香味，柔軟的觸感連同小真的重量壓在三郎身上。就算小真沒有要挑逗他的意思，但這對三郎還是太刺激了。

「小氣鬼。」

纏鬥一陣子小真好像才終於放棄，和三郎一樣軟趴趴地倒在地上。

「趕快去洗澡吧，妳全身都是汗。」

「你還不是一樣。」

「我早就洗過了，不像妳，臭死了。」

「哪有！」

雖然小真嘴上這麼說，但還是乖乖走進浴室，趁她洗澡時，三郎謹慎地把信封袋收好。

「今天很開心哦。」

浴室傳來小真的聲音。

「玩到這麼晚，怎麼不開心。」

三郎也像浴室喊道。

「雖然我們什麼也沒做，只是一直待在餐廳裡而已。」

「從我離開後妳們就一直待在那裡？」

三郎接著問道：「店員沒有趕妳們？」

「有一直加點東西，所以沒關係。把蛋糕當吃到飽在吃。」

「胖子！」
「跟你比還差得遠！」
小真說：「那個叫葉子的女生，人還不錯。」
「哦！」
「真的啦，我看得出來。」
「我不相信。」
「上次那個啊，是我預料到你會來救我才故意接的。」
「騙人！」
「真的！我和那種人相處久了，知道哪些人是真心的，哪些人又是看上我什麼。」
「那現在這個女生是看上妳什麼？」
「什麼都沒有。」
浴室的門打開了一個縫隙，小真露出半邊臉，還伸出一隻手說：「內褲忘記拿了。」
三郎默默地從衣櫃抽出女性內衣，連同上衣和短褲一起交給小真。
「真聰明，竟然知道我連衣服也忘記拿了。」
「同樣的招數我不會再中第二次……」
「我說，那個女生什麼都沒看上，所以不用擔心。」說完，小真闔上了門。
「那就當交個朋友也不錯……」
浴室裡傳來吹風機的聲音，沒有再回話。

「吃飽了吧？」三郎提高音量喊道。

「吃蛋糕吃撐了。」

「餓的話，便當微波一下就能吃了。」

大概過了十分鐘，小真才從浴室走出來，頭髮的濕氣未退，留著水的光澤，髮絲的末端翹了起來，微微卷著。

「不用了，也不是真的只吃蛋糕而已。」她說，眼睛看著手機。

會記得帶手機進浴室卻忘記拿衣服呀。

「妳還在跟她聊嗎？」

「嗯。吃醋？」

「這倒是不會……」

「我也可以跟她說我在忙，沒關係的。」

「這個時間哪有什麼好忙的，還是妳要唸書？」

三郎很少看到小真看書，但想想她都翹課半年了，會在意學業才怪。

這世界上成績差勁的人到底還是佔多數，而其中百分之九十九的人出了社會也都沒能應用過去所學，若是能看開點就不會拘泥於那一分兩分的成績上。

所以三郎也不知道自己為甚麼要替小真擔心學業的事，何況以他現在的角色，說是小真的幫兇也不為過。

「當然不可能唸書啦，所以就陪她聊天囉。」

「妳們都在聊什麼？」
連三郎都感覺自己今天特別煩人。
「沒什麼，都是些無關緊要的事。她在說她學校的事，她是大學生，能說的事情可多了。」
「沒提到她那個前女友？」
「沒有呀，一個字都沒提。」小真在三郎的床上滾了一圈，趴著繼續打字。「這樣就能賺到錢，大叔你應該要替我開心才是。」
「嗯，注意安全就好。」
「如果真的那麼在意就不要讓我去工作了。」
「好啊，妳不要幹了，辭職吧，我負責養妳。」
「什麼嘛！怎麼突然講這種話，當初我說不想在你家白吃白喝才要去工作的不是嗎？」
「我改變心意了。」
小真又翻了個身，放下手機仰躺著。「你在開玩笑吧？」
「我是認真的。我也不想做了，以後我們就一起生活，靠我的存款沒有問題。」
「真看不出來耶。」
「妳如果想要吃什麼、想要買什麼都可以……就這樣吧，明天我就一一打電話，告訴客戶我們停業了。」
小真眨了眨眼，張開雙臂。
「抱抱？」

「我不是那個意思，不用抱也沒關係。」

「我也沒那個意思呀。」小真笑了笑，再次問道：「抱抱？」

三郎從椅子上起身，他猶豫著，他明白他很想進入小真懷中，只是又覺得很對不起面前的女孩。

「啊，這個姿勢你不太好抱吧？」小真調整姿勢，在三郎的床上坐定，再次張開雙臂，笑著說：「不要害羞嘛。」

三郎彎下身，抱緊小真。總覺得像是在抱小貓似地，試探性地將手搭上她的背，將她擁入懷裡，他撫摸著小真的頭，那頭還濕潤著的長髮，髮絲穿過指尖，一遍又一遍。他的頭就靠在小真的胸前，聽著她的心跳，心跳的頻率也加快了，但是小真也正擁著他，環抱著他的軀幹。

感覺到一股力量正牽引著，像是受到重力的影響，他逐漸倒下，摟著小真倒下，倒在柔軟的床舖上，總覺得連床單上都染著小真香香甜甜的味道。

才剛洗完澡，又流汗了。

他的雙腿踩在地上，但上半身緊貼著小真，女孩子的身體很脆弱，宛若施了點力就足以粉碎，三郎控制著力道，不想讓體重壓得小真難受。

他的臉頰貼在小真的胸上，美好又富有彈性，卻充滿背德感。小真抬起雙腿，驅著膝踩在床墊上，大腿正摩擦著三郎的腰。

「明明就是個大叔還這麼愛撒嬌呀。」

這次反而是小真抱著他的頭，他才是要被安撫的小孩。

「你不可能不想要吧，大叔。」小真輕聲說道：「不用再勉強自己也沒關係，你已經很努力了。」

她將雙腿繞上三郎的臀部。

「大叔……」

小真的聲音持續徘徊在耳畔。

「大叔。」

她再度輕喊道。

「你哭了。」

「是嗎？」三郎沒辦法確認，小真的身體壓住他的雙手，而他也不想放開小真。

「有這麼誇張嗎？稍微讓你撒撒嬌就感動得哭了？」小真愉快地笑著。「這樣不行啊，大叔。」

可是三郎的眼淚仍流個不停，小真才剛換上的睡衣又被他的淚水淌濕了。

手心滲出汗來，全身上下都有討人厭的黏稠感。

因為要就寢了，小真沒有穿內衣，淚水濕透了的衣物服貼在小真的身軀上，胸部的形狀變得很明顯，三郎也注意到了，他想把頭移開，但小真的手仍貼在他的後腦勺上。

「沒關係。」小真說：「不用想那麼多，我不會介意。」

「我失態了。」三郎帶著模糊的聲音說道。一想到那位他緊緊依偎著的少女，便淚流不止。

「就這樣下去也沒關係，睡著了也無所謂。」小真俯視著三郎，他沒看著小真，到現在都不好意思讓她看到那張已經夠難看，如今還哭花了的臉。小真輕輕閉上雙眼，感受著三郎的存在，聽著三郎持續呢喃著她的名字，直到沉沉睡去。

4

隔天清晨，小真就醒了。兩人真的維持著同樣的姿勢一起入睡，三郎到現在都還趴在她身上。

「大叔。」

她搖了搖三郎的肩膀，那男人才如嚇一跳般猛然抬起頭。

「我想洗澡。」

三郎立刻從她背後抽出手，讓出位置給小真。他欲言又止道：「我昨天……」

「放心啦，什麼都沒做。」

三郎誇張地吐了口氣。

「就這麼排斥嗎？」小真伸了個懶腰，踢著腿。像那樣子屈了一整夜的腿，連腳底板都麻了。

「我不想傷害你。」三郎說。這又是小真聽慣了的那冷冰冰的說詞。

「昨天為什麼哭這麼慘？」

「有嗎？」

小真沒說話，指著三郎的臉，希望他能自己去照鏡子看看淚痕。

「我完全不記得了。」三郎沒打算看鏡子，他追問道：「我沒跟妳說什麼奇怪的話吧。」

「你向我告白了，說要照顧我一輩子。」

「真的？」

「沒有啦。沒說什麼特別的，只顧著哭也聽不懂你在想什麼。」

不管這時候說什麼，三郎都會當真吧。小真猜他大概還沒睡醒，再不然就是真的把昨晚的事全忘光了。

小真自己倒是記得很清楚，現在回想都還覺得難為情。

雖然平時常言語騷擾三郎，但真的碰上那種場合，她也沒什麼抵抗力。

今天換作是別人，早就認命了，就這麼繼續也沒什麼好意外。

不過，若真換成別人，小真大概連機會都不會留給他們。因為這種事情，不是三郎就沒有意義，但也正因為相信著三郎，所以認定他絕對不會越線。

小真也感到腦中一片混亂，她從櫃子裡拿出衣物和毛巾，走進浴室，洗去汗漬之餘也能醒醒腦。

三郎的工作沒有因為假日而休息，而她今天也得和葉子約會。

洗完澡，再請三郎上妝，時間就差不多了。

搭三郎的便車到捷運站，可能是因為昨晚的餘溫未退，一路上三郎沉默得太過刻意。

「你車上有傘嗎？」其實小真不是真的想借傘，她只是想跟三郎說說話，隨便說點什麼都好。

「後座有一把折疊傘。」三郎吊著眼往天空看去。「預報有說今天會下雨嗎？」

「帶在身上總是比較保險。」

「是這樣沒錯。」

到了捷運站，葉子已經等了不知道多久，她滑著手機，跟其他停留在那抑或是來來往往的一百、一千個人一樣。

她和昨天沒什麼變化，沒有因為約會就細心打扮，當然小真也是一樣，她仍是昨天葉子所見的那位前女友。

「你好，前女友小姐。」葉子看見她，用奇怪的暱稱打了招呼後，才問道：「不介意我這樣叫妳吧？」

幾個路人聽見，回頭看了葉子一眼，可是那還不足以留住過多的好奇心，很快，他們甚至沒怎麼放慢腳步，就走了。

「不介意。妳高興怎麼叫就怎麼叫。」

「那就好，因為小韓實在太奇怪了，得配上一樣奇怪的暱稱才是。」

小韓是她死去的前女友的暱稱。

她解釋，因為「韓」是姓氏，用來當作綽號很沒個性。

「是嗎？但小張、小吳也是挺常見的綽號。」雖然都是男生在用。

「那可能是因為這些人的名字都沒什麼特色或很難唸吧。但我挺喜歡這傢伙的本名，結果她卻要每個人都用這個綽號稱呼她。連她媽也這麼叫她。」

「哦，那真的蠻怪的。」

「她是個很麻煩的人，搞不懂在想什麼。」

想必是個心思細膩的人吧。小真不認識葉子的前女友，現在她只是個徒有其外形的假貨，所以僅能說些場面話。

「心思細膩嗎？我不覺得……但如果說她是個笨蛋我舉雙手贊成。」葉子說：「這從她寫的詩就看得出來了。」

「雖然沒有很多就是了。」

「因為那是她高中時的社團刊物嘛，妳想想看，要是整本書都是寫著她那種垃圾詩可就不妙了呀。她說過印這些書是要錢的，我敢說，那些會買他們社刊的人一定都沒讀到她的詩，如果看到了絕對會皺著眉頭，心想『你他媽的，我到底看了三小』，一邊把書放回去。這人的詩可以輕易毀滅掉一整本書。」

葉子說著的同時，表情也生動地跟著變化，小真甚至看得出來她在模仿網路上那幅很有名的肖像畫。沒人記得畫上的人是誰、做了什麼，但永遠都記得那人拿著書報，一副"What the fuck am I reading"的樣子。

她背出前女友寫的詩句，幾句而已，但小真有印象。

「不管看幾次都覺得蠢，唸出來感覺就更蠢了。」

「那是因為妳不懂詩呀。」

「哼，妳不是也不懂嗎？」葉子不以為然地說著，但她的笑容沒有消失。

「妳是說我還是她？」

「嗳，都是吧。」

的確。

捷運站灰濛濛地，比起天更加晦暗的灰，那是假日，汽車多，人也多，來往又交錯著，車子就算了，許多人也都穿著相似的衣著，白色外衣和色彩鮮艷的絲質襯衫，那些女孩穿著熱褲，其中又有好多人頭上帶著草稈編織成的帽子。他們都長得挺漂亮的，皮膚很白、睫毛也蜷曲得恰到好處，可能她們也是意識到這點才出門的。
葉子說，她沒有打算去哪裡，她對這場約會毫無頭緒，就連找上小真也不是經過深思熟慮後的結果。
「我只是想看看你能扮得有多像她。就算不像也沒關係，至少我能拿這一點來取笑妳。」
而昨天見過面後，一回家她馬上就傳訊息告訴小真：「像到讓人害怕的程度。」
那是三郎的功勞。小真知道這點，可是要向一個二十出頭的女孩解釋一個把自己打扮成六十歲老頭的三十幾歲大叔擁有比全世界三十歲以下女孩還精湛的化妝技術實在太困難了，比扮演好一個二十歲就殞命的女孩還困難。
所以她隨口回道：「商業機密。」
就結果而言，葉子滿意就好。
小真說：「妳們以前怎麼做我們現在就怎麼做。」
「那可不行，妳其實還沒成年吧？」
「我不是指……合約上有說不包含那種事。」小真又想起上次令人噁心的回憶。
「我是說pub。我們以前常去那，很多社團慶功宴都喜歡挑那種討人厭的地方。」
「如果只是喝一點點的話沒關係。」
「別逞強了。」
「才沒有！」
「算了吧，反正那傢伙也沒喜歡過，我也是。」葉子說。

「既然如此又為什麼要去那種地方？」

「因為喝酒是一種自以為是的活動，能讓人產生自己長大了、能承擔一切的錯覺。」葉子隨手指了一個穿著清涼的女孩說道：「像那樣子一看就知道是小鬼頭，但卻一副身為小孩很丟臉似地，拚命想讓人以為她長大了。實際上不是這樣的……」

「那是？」

「事實就是人永遠不會長大。喝了酒也不會讓人看起來更像大人，只不過是恭喜你在十八歲以後有合法裝成大人的權力罷了，實際上你的所作所為依然可以比一個三歲小孩還幼稚。」

葉子說完，搖搖手道：「我現在比以前更討厭酒，所以不要想我會帶妳去那種地方。要的話，叫妳的男人帶妳去。」

「我沒有男朋友。」

「那天那個不是?他也是化過妝的吧，我就不相信那種老男人妳吃得下去。」

「妳猜錯了，我們沒發展到那種關係。」

「哦，是啊，還沒發展到那種關係。」

面對如此揶揄，小真是該反駁的。

可若是反駁，總覺得對三郎很不好意思。

「有什麼話想說嗎?有的話，我們就找個地方坐下來慢慢講。」

葉子沒等小真回答。

「不想說就繼續走，看會繞到哪裡。」

「那就再走一段路吧。」

一般來說，基於禮貌，初次見面的人或只見過一兩次面的人在共同出遊時應該會至少有一個人規劃過行程的。雖然這也不是什麼人和人相處的硬性規定，可是絕大多數的人都會這麼做，為了給對方留下好印象，不要太快暴露自己其實是個沒主見又隨波逐流甚至沒事就賴在家裡混吃等死的人。

但葉子已經坦白了，告訴小真她八成就是這種人，她對兩人出遊沒什麼概念，以前和女朋友也沒有過什麼像樣的約會經驗。

經過電影院時，她會坦率地表示對哪部電影有興趣，可是一看到排隊的人龍又退縮了，不是討厭人擠人的，只是懶。對她來說，電影院連創造一點浪漫氣息的機會都沒有，就算有，讓她能產生如此念頭的人也不在了。

繼續前進也好，走回頭路也罷，向左向右都無所謂，行人與路看來都沒什麼不同，從一開始就沒有目標，只是走著，只是懶得去想該做些什麼。

噯，這就是閒逛吧。

次數不多，可是小真和三郎出門時大多都是有目的的，可能是去某家商鋪買東西或是工作，再不濟，也是因為家裡沒東西吃了才去附近的超市買存糧屯。

如今這樣兩個人走著，沒有任何意義。

葉子對任何商店都沒有興趣，對她來說逛街就真的是逛街。她也不怎麼提前女友的事，小真問了她或許會答，但這話題沒有人開頭就不會有後續。

小真想，她是不是至少該問她：那女孩是什麼樣的人？

就算小真對這話題不太感興趣，即使知道了也一點意義都沒有，連同女友的性格一起模仿不在葉子的要求中。傳訊的過程中，她們發現彼此是聊得起來的，談那些無關緊要的事情特別擅長，可是實際見面，當她用「小韓」的臉譜與葉子見面時，霎時間倆人都失語了。

只是維持沉默，讓葉子知道她身旁有一個容貌如同「小韓」的人就夠了嗎？

她覺得這不是三郎之所以從事這份工作的真正原因，所以她嘗試牽起葉子的手，帶她走進隨便一間看來生意特別慘澹的咖啡店。

那短短幾公尺的路程，葉子沒有反抗，但也沒有握緊她的手。

很快就到午餐時間了。小真說。

她們各自到櫃台點餐並付帳。和簽約時說好的一樣，ＡＡ制。

「關於我和大叔的事，並不是妳想的那樣。」

「可是你們住在一起吧。」

「雖然是這樣，但我和他沒有像情侶一般的互動。」

「又不是只有摟摟抱抱，親親嘴才是情侶。」葉子別過視線，冷笑一聲。「我們也不會做那種事。」

「是嗎？」

「嗯。因為這沒什麼意義，我們也都沒這需求。」她說：「我不知道是不是所有女生都是這樣，不過我認為我們的思考迴路和男性有根本上的不同。這就是為什麼我沒辦法喜歡男生的關係，可是我對女生也不會產生性慾，這一點小韓也是一樣的，我們的交往，並沒有在追求肉體上的滿足。」

「那你們接吻過嗎？」

「試過一次。理由是因為她想試試看嘴碰嘴是什麼感覺。妳的手能借我一下嗎？」

小真放下叉子，雙手伸到葉子面前。

葉子抓住小真的手腕，像對待人偶一樣，把雙手貼到自己的臉頰上。

「她就像這樣，捧著我的臉，然後把嘴唇壓上來。第一次失敗了，親到我的鼻子，當下覺得鼻子快被她壓斷了。第二次才成功，可是她不知道怎麼做，連要怎麼結束都不知道，直到我告訴她『我快沒氣了』她才放開我。」

「妳可以用鼻子呼吸。」小真說。

葉子瞪大眼睛看著小真，但只有一瞬間便垂下眼簾，說：「妳和她說的一模一樣。實際上沒有這麼簡單，因為會感覺到對方的鼻子吐氣，人中會很癢。」

「好白癡的理由。」

「雖然很白癡，但是事實。」

「那感覺如何？」

「胸腔被緊緊壓迫著，不是因為心跳的關係，單純是因為缺氧。其他什麼感覺也沒有，甚至會讓人在心中讀秒，想著『你他媽到底好了沒？』所以妳也不用特別嘗試了，這不是什麼浪漫甜蜜的舉動，做了也不會讓人感到幸福。」

葉子撫著胸口，又說：「如果這時妳的對象還是男人就更慘了，我建議那種時候妳最好閉上雙眼，千萬不要看他，尤其不能往他褲襠看去，看了妳就知道這世上王子心裡想騎的永遠不會是白馬。」

「妳不是喜歡女孩子嗎？」

小真問，卻被葉子反問道：「妳有兄弟姊妹嗎？」

小真搖頭。

「連這點都跟那傢伙一樣。」葉子說：「我有個弟弟，長得挺帥的，大多女孩子看到他都會對他有好感，所以他從高中，不對，可能從國中開始就喜歡帶女生回家了。他不會鎖門，也不會在意在我面前和他的女人接吻，所以這些我都看在眼裡。」

「妳一定覺得很累吧。」小真說。「我的朋友中也有這種人。那你們還住在一起嗎？」

「我搬出去不久，他也搬了。到現在大概都還是跟哪個女人廝混吧，搞不好此時此刻，他正對某個女人說著『我愛妳』呢！這是他的口頭禪，沒事就喜歡對認識不久的女孩子說。」

「真差勁。」

「不可否認的是很多人都吃這一套。這很正常，人是很容易被簡單的字句感動的愚蠢生物。我認為這世界上至少有一半的人是蠢蛋，因為人不是被騙就是想辦法騙人，那可得有一半的人願意扮演受騙的白癡才行。只是我弟那種人渣比較幸運，他僅憑三個字就能讓許多女生甘願變白癡。」

「可能是因為他們享受這過程，至於結果如何並不是太重要。或許他們喜歡的其實是會輕易受感動的自己。」

「白癡。」

「這可能是我為什麼要寫詩的關係。」

葉子鬆開握緊玻璃杯的手，櫃檯那位正用賽風壺沖調著卡布奇諾的咖啡師被囚禁在暗銅色的蘋果汁裡。她微張著口，半睜著眼，像是在眺望面前的少女，小真沒意會到發生了什麼事，她也看著葉子，看著她的唇瓣，方才蘋果河曾流過那裡。

但蘋果湖是灘停止流動的死水，直到凝結的空氣化成水，落入蘋果池塘裡，湖水才又開始晃動。

「我是說，這可能是她為什麼要寫詩的關係。」

「不……」

葉子的聲音有些發抖，可是她的表情卻不見任何變化。

「我、我不是那個意思，我是說，這只是我的猜測。」

「不，不要緊。我沒有責怪妳的意思……」

她說：「我只是，一時不知道該怎麼反應。」

小真規避著葉子的視線，但葉子正凝視著她的臉。

「我其實不知道她最後怎麼樣了。」葉子說，她沒去女朋友的告別式。那時她想，去了又如何？去了也看不到人，她不可能跟家屬一起送行，只能和其他賓客一樣等著司儀發令去遺照前禮拜。說是送她最後一程，然而最後一程早就過了，從她在自己房間裡點燃火種時就過了，後續不過剩下一系列包裝屍體的流程，只差沒在棺材上綁個大蝴蝶結，好讓燒掉那傢伙的行為有些冠冕堂皇的理由罷了。

葉子嘆口氣說：「我覺得這樣比較好。我不用在別人面前想著自己要發出什麼樣的哭聲才適合，是要一直哭呢？還是混些賺人熱淚的台詞？什麼樣的反應才能讓人覺得這傢伙有夠難過的！畢竟以我的身分，應該是要哭得最傷心的人呀，甚至得比她的爸媽還難過，否則妳又要如何開口請對方把女兒的幸福交給妳呢？事實上這些都太麻煩了，幸虧小韓替我省去了所有煩惱的機會，現在我只要把自己關在房間裡，讓人以為我又犯生理痛就好了。」

小真點點頭。一個正滑著手機的男人推開門，險些被地毯絆倒，兩個離她們稍遠的女國中生正大聲談論著老師的閒話。

「所以我為什麼要跟妳見面呢？為什麼要再見到妳呢？哭也哭過了、傷心也傷心過了，現在再碰上妳，我其實沒什麼話好跟妳說了。」

她吸了一口蘋果汁，蘋果水塘的水位降低了。

「跟一個沒有未來的人說再多都是白費工夫，妳已經死了。現在講再多話妳也不會記得，到頭來只是我自言自語。其實這就是妳的目的吧？從別人的不幸中取樂，真是高尚的嗜好。」

「我想我不是這種人。」

「對不起。」葉子趴在桌上，頭髮蓋住了臉，用慵懶的聲音指著小真說：「誰叫妳頂著這張臉，活該。」

小真把果汁喝完，那杯果汁和蘋果洋沒關係，是從橘子共和國進口來的。

「如果未來沒有意義，」小真還沒說完，葉子就不耐煩的「嗯？」了一聲。

「我說既然未來沒有意義，那過去呢？如果妳能回到過去……」

「那是不可能的。」葉子再度打斷她。

「是不可能，可是或許我們能想辦法讓她看起來有可能。」小真說：「我認為那個人，還有我做這份工作的意義，就是為此而存在的。」
葉子仍把頭貼在桌板上。「是嗎？」
「我不確定，可是既然有人會找上他就代表有比我們想像中還多的人都抱持著類似的幻想。」
「幻想啊。」
「我是說，呃，遺憾？不對不對，嗯……就是那種東西，反正妳懂我意思就好。」
小真自認還蠻會講話的，只是那僅限於非正式場合，她有自信能把氣氛快速炒熱。換作現在，她覺得腦細胞已經快死光了。
「我不懂。」葉子說。
「……那我也不知道該怎麼解釋了。」
「我是在找妳麻煩，其實我大概聽得出妳想表達的意思。」
葉子沉默好一會兒，不作聲。
「所以說，聽妳的，試試看吧。」
「咦？」
「看看妳有什麼能耐。不是說能回到過去？那就去吧！再給我一次機會，這次讓我想想要怎麼和那傢伙重新相處。」
葉子挺起腰桿，雙手撐在桌上，像是在質問小真，那雙眼明明瞪著她，卻又宛若沒聚焦在她身上似的。
「時間還夠吧，小韓，妳還不急著離開，不是嗎？」

另一個女孩推開店門，同時也送走了兩個女孩，留下乾涸的蘋果海。

5

小真坐上葉子的機車，有種熟悉感。半年前她也常像這樣跟朋友騎著機車到處亂晃，她沒有車，所以一直是讓朋友認識的男生載。

她抓著葉子的領口，另一手放在臀部的金屬支架上。很久以前她習慣抱著對方的腰，現在不管對象是男是女，她都不想這麼做。

「帶妳去我們學校晃晃。」葉子說。

葉子的學校不遠，沒等上幾個紅綠燈就到了。

小真沒去過大學，以她的年紀是該考慮未來出路了，只是現在的她反而覺得自己和學校生活的距離前所未有地遙遠。

和高中不同，假日的午後走在校園裡仍能和很多人擦肩而過，運動場擠滿了人，沒準比平日還熱鬧。

走在前頭的葉子筆直地前進著，迎面而來的人很自動讓出了路，有些顧著滑手機的人沒注意到她，被她撞個正著，她的身材不是很高大，也算是瘦小的那類型，但就算撞上了人被反彈得退了步子，她還是一句道歉或甚至連一聲響都沒發，繼續走著。

小真看不到她的臉，但可以想像她一定正板著臉裝作生氣的樣子。因為對什麼事情都感到厭煩，所以當好不容易有所目標時反而會不知道該用什麼情緒面對，只好露出一副不爽的樣子，以掩飾自己其實什麼都沒在想。
和運動場不同，葉子拐了個彎，走進一棟教學樓裡，所有聲音立刻被阻截在自動門外，只留下老舊空調的隆隆聲迴繞在室內。
她來到某間外觀毫無特色的教室前，推開門，說：「這是我第一次碰上那傢伙的地方。」
和外觀一樣，教室內裝也毫無特色，午後陽光傾斜在靠近窗戶那排的座位上，是一間日曬嚴重的教室。
葉子站在最後一排靠近門的位子前，撫著桌面，桌面上有一層薄薄的灰塵，實際上整間教室都染著一層灰。
「那時候我就坐在這裡。」她拉開椅子，坐了下來。
「上課？」小真問。
「沒。」
「那坐在這邊幹嘛？」
「忘了。大概是在抄筆記吧，我上課很容易睡著，反正不重要。」說完，她看著黑板，上禮拜課程留下來的粉筆跡還在，沒有人擦掉。「Demineralization。」她嘗試唸出黑板上的字。
「什麼意思？」
「我怎麼知道，我連怎麼唸都不曉得。」
葉子轉過身，說：「等等妳先出去，然後若無其事地問我『302在哪裡？』知道嗎？」
「然後呢？」

「然後妳不要管，隨機應變。」
「知道了。」
懵懵懂懂地點頭後，小真走出教室。葉子翹起椅子，伸長手好把門關上。
小真獨自一人被留在走廊，空蕩蕩、靜寂的走廊只有她一人，小真抬頭，教室門牌上就寫著「３０２」。
小真敲敲門，裡頭的人喊道：「不用敲門，直接推開門就好，粗魯一點。再來一次！」
因為是客戶的要求，所以小真認命的倒退幾步，又回到剛才站定位的位置。
這次她照葉子說的，故意推開門，讓門撞上牆壁，發出「碰！」的聲音後，她問道：「３０２在哪裡？」
「我愛妳。」
「啊？」
「我愛妳。」葉子的表情實在太過認真，小真不知該作何反應。
「不是，我……這個、我不能……」
「我說，我愛妳。」
說完，葉子自己皺著眉頭說：「沒有人會對第一次見面的人說這種話吧。」
「真高興妳能察覺這驚人的事實。」
小真問：「妳們第一次見面時，妳是怎麼回她的？」
「我跟她說『這裡就是３０２啊！白癡』」

這正是小真想說的。

「因為以為是認識的人故意開玩笑，所以忍不住揍了她一拳。」葉子看著自己的拳頭說。

「……沒事吧？」

「沒事。揍了她一拳之後她看起來很開心的樣子。」

「真是奇怪的人。」

「嗯。」葉子盯著小真的瞳孔說：「到現在都不知道妳為什麼要笑。為什麼呀？」

為什麼？

葉子說：「不是被揍了嗎？感覺臉頰都腫起來了，搞不好牙齒還被我打掉，可能舌頭都劃破了呢。」

「應該沒這麼嚴重。」

「但是，很痛吧？」

大概吧。

小真沒揍過人，只有站在一旁看人被揍，那是以前的記憶……那些倒在地上啜泣著的孩子，小真不認為他們有辦法笑得出來。

對不起！我也不知道「我」在想什麼。

乾脆這樣回答好了，這是最簡單的應對方法，當然也是最不負責任的。

「大概是因為比起疼痛，她更喜歡妳的反應，所以就算被揍了也沒關係。」

「這種回答太美好了，好到完全沒有說服力。」葉子說：「不過我並不討厭。」

「只是對第一次見面的人說『我愛妳』實在不ｏｋ，一點誠意都沒有。」

「是嗎？我在學我弟。我覺得像他那種人比較適合生存，如果將來我有教育小鬼頭的機會，我一定會想辦法把他養成這種人。」

「那樣我會很難過的。」

葉子翹著嘴說：「妳才不會。」

「不會嗎？」

小真不知道那位小韓是什麼樣的人，所以這是她發自內心的疑問。

「問妳啊。我可是一輩子都沒說過這句話呢，從來沒有對妳說過喔。」

「是嗎……」

「所以我想試試看妳會有什麼反應。」

「呃，謝謝？」

「我看還是直接揍妳好了。」

葉子轉回身去，面向著黑板那些看不懂的英文單字。

「Demineralization、Demineralization、Demineralization。」

她一共嘗試了三種不同發音。

「我也喜歡妳。」小真不知道小韓的聲音，所以她用自己平常的聲音說，她想葉子應該不會介意。

「聽膩了。」

「是、是喔……」

「愛跟喜歡之間，隔著一道深不可測的海溝。」

這是那女孩的詩句，一點詩意也沒有，聽起來倒是很像國中女生假裝多愁善感時發在網路上的牢騷。

葉子說，這就是女朋友文采的極限。她沒辦法變得更強，也沒有時間寫出更好的詩了。

「所以我們從來沒有對彼此說過那三個字。」

「嗯。」

「對了，可以再來一次嗎？」

「當然可以！這次，呃，希望我能做出什麼樣的回應嗎？」

「不用。一樣，請妳隨機應變。」

小真退出教室，這次由她關上了門。

「302在……嗚哇！」

一踏進教室，葉子就立刻衝過來抱住了她。

「那個，肢體接觸是違反規定的。」

雖然嘴上這麼說，但大家都是女生，小真沒有太介意，甚至也輕輕把手貼上葉子的背。

「這樣會比較好嗎？」葉子問。

「差勁透了。如果真的想要營造這種場面，至少要假裝摔跤跌到我身上吧？」

「嗯。」

但是葉子沒鬆手。

「好軟。」

「不要磨蹭，很癢。」

如果這畫面被三郎看到應該又會被唸了吧？小真有這種預感，就算葉子是女孩子，但三郎總是認為她太放縱客戶了。

又過了一會兒，葉子才放開小真。

「真爽，果然有些地方沒辦法完美複製。」

原來被性騷擾是這種感覺呀。

一直以來小真都是當騷擾的那方，現在立場調換反而讓她有點難為情。

不過，並不討厭，所以可能還稱不上是騷擾。

「我沒辦法模仿的地方可多著呢，例如聲音……我的聲音應該和她不像吧？」

「我覺得蠻像的，所以我喜歡聽妳說話。」葉子吞了吞口水說：「但那也可能是因為我已經忘記她的聲音了。」

「密西西比西邊的西米露不用吸管吸不起來。」小真把腦中浮現的第一句話不經任何修飾說了出來。

會提到密西西比也是因為黑板上的算式讓他想起了數學，數學讓她想起高一學的排列組合。

Mississippi.

「這一點都不繞口嘛！」葉子抱怨。

「我想說隨便說點什麼。」

「有夠笨的。」

可是葉子的臉上卻帶著微笑。

「大概就是像這樣。」她說：「類似的對話，我們從認識到交往到她死之前最後一次見面，她都在說著這些沒人聽得懂的蠢話。」

「妳們最後一次見面是什麼時候。」

「很久之前。」葉子的回答有跟沒有一樣，她反問：「問這幹嘛？」

「沒有幹嘛。」

她拉開葉子隔壁的位子，坐下來。

「是那個吧，妳想知道，我們最後一次見面和她自殺之間隔了多久。」

或許是吧。

小真也看著黑板，覺得應該沒有回答的必要。

葉子的女朋友趁父母出去旅行時在家燒炭。火爐和木炭都是用他們家以前烤肉的用具，她在門縫塞了毛巾，然後用忘記還給葉子的打火機點燃炭火。床鋪很整齊，她安穩的躺在被窩裡，睡了好長一覺。

她和葉子的關係是祕密。所以葉子不知道整件事是怎麼發生的，這些都是後來聽別人說的，聽說不知道是警察還是輔導老師有找上幾個跟女友關係不錯的同學，但沒有人給出一個漂亮的藉口來解釋她的死。

「這種時候，說出那三個字，一切都漂亮解決了。」

「我愛妳？」

「白癡。憂鬱症啦！」

據說告訴警察死去女孩的病情，警察就會一副什麼都知道的樣子拍拍家屬的背，說聲：「辛苦你們了。」

再把同樣的話轉告給輔導老師，他們則會露出一臉惋惜的樣子，說：「真是可惜了。」

連新聞或報紙有沒有報導葉子都不記得了，那段期間她特別討厭翻書報，雖然她也從來沒喜歡上過。

「實用的字詞多半都是由三個字組成的……我愛妳是一個例子，憂鬱症也是，當然也包括王八蛋。」

「後來那案子……」

「沒什麼特別的，所有還活著的人從此都過上幸福快樂的生活，故事結束、全劇終、The End，沒有續集了，有我也不想看。」

她不想再追究那案子了。如果有在意的人就讓他們去查吧，她累了。

「所以，」小真問：「妳們見面和她自殺，隔了多久？」

「兩天還是三天？他家人出國不到五天，所以肯定是在這段期間。」

「噯。」

小真用含糊不清的聲音嘆氣。

「不問我那天見面有沒有發現她有什麼異狀嗎？」

「沒有吧。」

「嗯，沒有。不是我太遲鈍，是真的什麼跡象、徵兆都沒有。」

幸好葉子沒有被警察找上，若是警察發現她女友死前才跟她見過面肯定會找她去了解情況，到時能說什麼呢？動機那種東西根本沒人曉得。那只是不得不找個看似合理的藉口讓所有不幸被捲入其中的人能說聲「原來如此」好把一切輕輕放下才強行產生的玩意。

原來如此啊。

葉子說，小韓故意在被窩裡躺得好好的也是想讓人覺得她只是不小心睡著了，要是無意間留下什麼引人遐想、足以穿鑿附會的痕跡，那可就給人添麻煩了呀。畢竟自己給人招的麻煩已經夠多了。

「要是再給妳一次機會，妳會怎麼做？」葉子問。

「我嗎？」

小真沒有想過自殺，連一眨眼想接近死亡的念頭都不曾有過。她的人生也有幾件事可以用「挫折」形容，雖然微不足道──畢竟她還活著，那就是微不足道。只是若需要一個宣洩的管道，比起傷害自己，她大概會毫不遲疑地傷害人。

她很自私，也很獨斷獨行，這是她檢視過去所做所為，給自己的註解。她希望自己成為一個比起傷害自己會先想到傷害別人的人，換個更好的說法，那是種勇氣。

「死掉前我會記得在鏡子上面用血寫妳的名字。」

「妳的死法不會有血讓妳寫。」

「咦？燒炭沒有嗎？」

小真記得肺會腫起來，好像血水會從鼻子和嘴巴流出來。前陣子去當某家人的孝女時才聽人說過。

「有也不夠妳用。」

葉子斜眼看著小真說：「我不是問死前想做什麼，是問妳能不能不要死？」

「這怎麼可能嘛！」

本來小真想說：人都死了，如今再問也沒意義。

可是葉子的目光正閃爍著。

小真正在斟酌措辭，絞盡腦汁想著這時該怎麼回答。如果……如果她只是想要安慰葉子，那只要如她所願，回答諸如「我很後悔」「我很想妳」一類的漂亮話，可是那樣是對的嗎？她不認為葉子要的是這種浮濫的回答，類似的話她可能聽夠多遍了，也在心中說過千萬次。此時再聽到相同的答覆，也不過就是輕搔著傷口，暫時緩解結痂後的癢處罷了。

最重要的是，此時的她是「小韓」。

「我又不是喜歡才這麼做的。」

「那是？」

「我想先去看看。趁我認識的人還沒來之前，先去那裡……看看。」

全世界最差勁的自殺理由。

比在愚人節告白的傢伙還蠢。

「哦，是這樣啊。」

葉子瞇起眼睛，好像提起興趣。

「那裡長什麼樣子？」

「很擁擠……人滿為患，房價很高，但移民仍然不斷湧入，所以很多人露宿街頭。」

這樣說反而會讓人擔心吧！小真暗自咒罵自己的不謹慎，趁葉子的臉色還沒變得太難看前補充道：「我很幸運，住在一棟獨立建築，白色的房子，不是透天厝，是那個……別墅，對，也不是用紙做的，是貨真價實的水泥房，然後我有三個室友，兩個男生一個女生，其中一個男生年紀比我小，但是很開朗，我和他處得不錯。因為大家都掛了，所以不用工作也不用上學，除了人多了點，沒什麼好挑剔的。」

「妳是在勸誘我一起搬過去嗎？可惜我討厭人多的地方。」

那就好。小真暗自鬆了口氣。

「我還有問題。」葉子舉手問道。

「請說。」

「為什麼你們那的人會越來越多？」

「因為……因為信教的人越來越少了。」

真不敢想像世界末日那天死後的世界會是什麼樣子。死去的人大概也和地球上的人沒什麼差別，同樣都望著屆時八成會出現在天上的某顆巨大隕星墜落，只是一邊等著離開、一邊等著迎接難民潮。

應該是這樣。

大概啦！

小真用力吸了口氣，鼻子裡都是灰塵的味道。

「那妳覺得那裡的生活比較好嗎？」

「好不好很難說，因為我覺得兩邊都不錯，同時兩邊都不夠好。」
「那還挺不值得的。畢竟又不是想回來就回來。」
「這大概是我自己的問題吧。我這種性格，不管到天堂還是地獄都會抱怨的。」
「麻煩死了。」
「真的麻煩死了。」
令人討厭的雙關語。可是小真無法克制自己不講。
她擅自認定，她所扮演的那女孩——小韓，面對同樣的場合，一定也會說一模一樣的話，即使她對小韓一無所知，但她就是知道。
怕麻煩的人，不小心發現自己正是最麻煩的存在。
「好吧，我知道了。」葉子雙手合掌，幾乎是從位子上跳起來的。「知道妳在那邊過得很好我就放心了。」
「我需要妳操心嗎？」
「別逞強了，連筷子都用不好同學。」
「好長的暱稱。」
葉子跑到黑板前，拿起板擦，唰地抹掉字跡。
小真看著她，像是在寫字般，一筆又一筆地把粉筆灰從黑板上剝掉。
她把Demineralization、Lysis、Martix以及其他所有看得懂的、看不懂的單字都去掉了。
最後用白色粉筆，在黑板寫上：這裡就是302啊！白癡！

她轉過身，拍著黑板說：「把這句話好好記著，這樣，下次妳就不能再用這種爛藉口找人搭話了。」

豆大的淚珠從葉子早已泛紅的雙眼流了出來。

她深吸了一口氣，然後像嘆氣般吐出。

「一直以來，妳都是這樣……有什麼事情都拐彎抹角地，把話說清楚很難嗎？既然從一開始就是來找我的，就直接說『我想見妳』很難嗎？老是把人當白痴看，以為全天下的人都跟妳一樣笨啊！白癡！」

葉子對著小真聲嘶力竭地喊道。

「什麼都不說突然就死了是怎樣啊！發生了那種事卻連一聲都不吭是怎樣啊！如今再回來……再出現在我面前是在幹嘛啊……」

直到她覺得腦袋好像被掏空了，甚至整個人都輕飄飄的，她才跪倒在地上。葉子不停哭泣，一直一直哭著。

小真坐到她身旁，一句話也沒說，只是陪著她，聽著她啜泣。

陽光暫時被雲朵所蔽，教室一時昏暗了起來。

「好渴。」

葉子說。

「快渴死了。」

小真起身，想去找販賣機替她投個飲料什麼的，卻被葉子拉住了衣角。

「說說而已……等等再一起去。」
「不要緊嗎？」
「哪會怎樣。」葉子試著咧開嘴露出笑容。
「抱歉，」她說：「我是指，明明叫妳不用試著扮演她的，還是不自覺把妳當成她了。」
「沒關係，妳能這樣想，我也很高興。」
「這證明我還挺膚淺的，只要長相對了就什麼都行。」
她正色道：「不過，妳真的不認識她嗎？」
「什麼意思？」
「我覺得妳的所作所為，好像真的是那傢伙會有的反應。」
小真有些難為情的搔搔頭說：「太誇張了啦。」又用力眨了眨眼睛，好讓淚水沒這麼輕易潰堤。
葉子攤手道：「噯，這可不是誇獎呀，沒什麼好高興的。」
如果像那傢伙一樣會給認識的人添麻煩的。葉子碎唸道。
「妳知道，我為什麼會要妳什麼都不準備，只要化妝就好了嗎？」她接著問。
「……因為預算不夠？」
如果照三郎訂的收費標準，化妝以及行為模擬的人力成本，必要時還得加上生活費，那大概不是一個女大學生能輕鬆負擔的。
「才不是這麼現實的答案！白癡！」
頭被葉子用力拍了一下，卻不會感到痛。

「是那個啊，就算叫我把有關她的資料，還有我所知道的，關於她的一切告訴你們，我也給不出來。」她像吶喊般說著。「因為我從頭到尾都沒有真正了解過她。」
「要想了解一個人本來就是不可能的，我連自己都不了解了。」
「即使如此，還是想著，如果我也能明白她的苦，那或許就不會是現在這樣子。」
「妳已經很努力了。」
「只是努力得還不夠。」
「至少她離開前，妳是她無論如何都得再見上一面的人。」
若不是如此，就不會還在自殺前幾天還要跟葉子碰面了。
這是小真的猜測，她終究不是那個死去的女孩，沒法替誰代言。
「再講下去就變成聽妳說教了，我想就到此為止吧。」葉子站起身來，也朝小真伸出手。「分手前，能再拜託妳幫一個忙嗎？」
「嗯。」
小真握住她的手，順勢把臉湊近葉子的臉，輕輕碰了一下她的嘴唇。
「我也愛妳。請妳一定要幸福。」
那是在一瞬間發生的事。
葉子沒有意會過來，她碰著自己的唇，面無表情地發出「啊……」的聲音。
「是這個忙嗎？」小真吐了吐舌問，其實她的心臟正撲通撲通地快速跳著。
「呃不……我只是、我只是，嗯，想叫妳借我零錢買水。」

「騙人。」

「才沒有騙妳，我……我才不是這麼膚淺的傢伙，不會這麼簡單就動搖。」

然而她卻將面前的女孩擁如懷中。

「所以、所以如果還有下次，可以請妳早點告訴我嗎？」

窗外的晚霞落不進２０３號教室，可能打從他們踏入教室時葉子就一直在等待。

現在她終於有機會說出口了。

那三個字。

7

小真回家時，三郎正在看雜誌上信託公司的廣告，帶著一副跟他的臉型不相稱的眼鏡，讓小真笑了出來。

「結束了呦，明天不用再去了。」

三郎稍稍停頓，才問道：「被解雇了？」

「不是啦，是對方說不需要了……所以後面的費用，我想就不要跟人家收了。」

「那是妳自己賺的錢，妳高興就好。不過，這不就是被炒魷魚的意思嗎？」

「真那麼簡單就好了呢。」小真笑嘻嘻地說。

三郎看起來不太在乎，隨口答應了幾聲又把注意力放回雜誌上。

「大叔。」

三郎沒有反應，所以小真又叫了一遍。

「大叔！」

「幹嘛？」

「你和人接吻過嗎？」

三郎漣一眼都不看她，抱怨道：「又打算取笑人了。」

「不是，我是認真的，有嗎有嗎？肯定有吧，就算你長這副德行，還是有機會的吧？」

「跟被蚊子叮一樣。」

「咦？」

「我說，那種感覺就跟被蚊子叮一樣。」

「噢。」

小真輕咬著自己的嘴唇，嘗試模擬被蚊子咬的感覺。

三郎的眼鏡從鼻樑上滑了下來，雖然手上還拿著雜誌，但他正偷偷觀察小真。

傻孩子。

他抬高雜誌，不想讓小真發現他上揚的嘴角。

「……騙人的吧？」

那天直到睡前，小真都還在拼命嘗試重現三郎所謂「被蚊子叮」的感覺。

第三章・扮演兒子的他

1

每一次和客戶見面，三郎都習慣和對方約在捷運站旁的家庭餐廳。

說起家庭餐廳，在國內好像很少會特別定義什麼樣的餐館是以「家庭」為客群，什麼樣的則不是。追根究柢，「家庭餐廳」這個詞也給人一種外來語的印象。

但是三郎很喜歡這個詞，每次想到家庭餐廳，腦海中就會浮現父母親帶著小孩，點了一桌豐盛的西式餐點的印象。三郎很喜歡這種畫面。

正好，他所從事的行業也多少和「家庭」有關係，如此，在考量交通便利性，家庭餐廳可真是與客戶談話的首選地了。

平日午餐時段剛過，送走一批上班族客人，餐廳內部回歸冷清，少數幾桌客人看著書報，打算靠六十元無限暢飲的飲料吧消磨一個下午。

「等客戶來就把手機收起來了。」三郎對身旁的女孩說。

「嗯嗯嗯。」小真正在跟人傳訊息聊天，三郎瞟了一眼對方的頭貼，是上次雇用小真的那女孩。

那次工作結束後，小真把自己卸妝後原本的樣子傳給那女生看，據說對方給予了「長得太騷，不是我的菜」如此高度的評價。後來兩人就保持聯絡，前幾天還一起去逛街。

由於小真已經和原本的生活圈脫節了至少半年以上，所以那女孩可能是她唯一一個年齡相仿的朋友。

關於小真的過去，三郎從不主動詢問。他認為，如果小真願意說，自然會告訴她。

「上次跟妳提過的少年……」

「不要。」

所以三郎絕對不會強迫小真。

「這次要用什麼理由拒絕對方？」

三郎說的少年，已經數不清第幾次來委託他了——嚴格來說，是委託小真扮演他姊姊，當然小真每次的答案都和現在一樣。

不要。

所以三郎只能一次又一次拒絕對方，個性老好人的他又不想澆熄少年的希望，所以每次都會告訴那孩子「再多準備一些姊姊的資料，或許下次就能成功了。」當然三郎知道問題根本不在少年身上，而是身旁這位他一手訓練出來的逃家少女。

她還沒準備好。

「那天我發高燒，沒辦法工作。」

「發燒還能預知呀。」

「那天我要去伯恩茅斯一趟，來回通勤至少要花上四十個小時。」
「去那裡幹嘛？海水浴？」
「呦，我只是隨便講一個應該沒人聽過的地名而已。」
小真漫不經心的滑著手機，同樣漫不經心的附和著話題。
「那告訴他我死了。」
「這個理由之前用過了。」
「有用嗎？」
「妳覺得呢？」
小真放下手機，吸著杯裡的汽水，兩顆眼珠咕嚕嚕轉了一圈。
三郎默默地從文件夾裡抽出一張照片遞給小真。那張照片是少年前幾天交給他的，兩人也是選在同一間餐館碰面，連位子都跟現在一樣。
照片上是少年和姊姊的合照，背景是學校禮堂，布滿了彩帶與紅布條，是那女孩國中的畢業典禮，她的制服胸口上繡著紅花，手裡拿著赭紅色的畢業證書，臉上沒有明顯表情，倒是她身旁的弟弟笑得很開心。
「這女孩子的臉真臭。」三郎說。
「嗯。跟她比起來，還是我比較討人喜歡，我不擅長演這麼陰沉的角色。」
小真只看了一眼就把照片還給三郎了。
三郎把照片湊近眼前，瞇起眼仔細端詳。

「欸，現在的制服都不用繡名字啦？」

「看那麼仔細幹嘛！」

「以前我們不管男女生都要繡上名字的，很討厭。」三郎小心的把照片收回資料夾裡。

「你的名字。」

「嗯？」

「三郎，是本名嗎？」小真問。

突然被她用本名稱呼反而讓三郎覺得有點不好意思，平常都是「大叔」「大叔」地叫，幾乎沒喊過他本名。

不說三郎還以為小真早就忘了。

「嗯，是本名。」

「怎麼這時代還有人取這種名字？」小真又繼續問道：「讓我猜猜看，你應該有兩個哥哥吧？」

「不，只有一個哥哥。」

「咦！竟然猜錯了！」小真好像很容易因為莫名其妙的事情被戳到笑點。「那哥哥叫太郎？」

「不是，叫柏寬。」

「哇！完全沒有規律亂取一通的名字。你媽媽應該對小孩的名字再更用心點吧？」她沒有考慮就脫口而出，可是三郎不是會在意這種事的人，再說他也明白小真的個性。

小真是替他感到生氣，覺得這般隨便地被賦予一個名字實在太糟蹋人了。雖然他什麼也還沒說，但小真就是認為三郎這名字與他那老是擺出一副受虐兒的樣子脫不了關係。

「母親大概不是隨便亂取名的。」
三郎雙手交握在桌上，看著他的拇指尖。
「其實妳剛剛說對了。」他說：「我曾有個哥哥，二哥。」
「這樣啊……」
「不用感到抱歉啦。我沒看過二哥，聽大哥說，母親在懷他時流產了。」
「發生了什麼事嗎？」
「母親有酗酒的習慣，不過並不是酒醉後會動手打人的那種，是會不停哭泣的類型，和所有人道歉，父親、大哥……我的童年大半時間都在母親的哭聲中度過。」
他繼續說：「原本父母親就計畫要有兩個孩子，他們想叫第二個孩子士榮，可是二哥來不及出生就死了，所以士榮本來是我的名字。」
說完，又補上一句：「這是大哥告訴我的。」
「還是三郎比較順口。」小真說。
「大哥那有塊玉，是父母親給他的。他說，同樣的玉有兩塊，因為爸媽知道他們會有兩個小孩。」
「你的呢？」
「我沒有拿到。」
「他們忘記了？還是你哥騙你？」小真盡可能用開朗的聲音說。
「不知道。」三郎答道。「只是我想我永遠都拿不到那塊玉，因為那是準備給二哥的，是給那個叫士榮的孩子的玉，所以我才被叫做三郎，那時候父母親已經有一定年紀了，大概是抱持著想把二哥再生下來的念頭吧，結果卻發現孩子長這樣。」

三郎指了指自己的左臉，在燒傷前，那半邊臉上有一大片像爛瘡一樣的胎記。

小真凝神看著三郎的側臉，三郎坐在她的右側，今天他們沒有化妝，所以三郎正頂著那張令人嘔心的半張臉。選擇右側而不是左側，所以他沒有把他較好的那面面對小真，小真想，他是在尋求保護，他知道自己不會介意他爛掉的臉，才能放心把另外一半完好的臉袒露給外界。

「我相信很多父母親不會在意孩子身上的缺陷，畢竟那是自己的孩子。可是看到一個半邊臉像長滿爛瘡的小孩還要硬著頭皮說他可愛實在太假了。」他替父母親辯解。「我的爸媽是比較直性子、好惡分明的人」

「……才沒這種事。」

「如果妳繼續跟我生活下去，妳就會明白的。」

如果是三郎的話——

小真嚥了口口水，沒說什麼。

她想起葉子的話，也逐漸明白愛是多麼沉重又不負責的詞。

她還不確定自己對三郎抱持著什麼樣的感情。如果這只是因為三郎收留她的同時也對她予以尊重而產生的好感，那她沒資格開口。

「我們的人生，不能因為彼此變得更不幸。」

彷彿嘆息般，三郎輕聲說道。

那像是在替這幾個月的生活擅自做出總結。小真沒來由地這麼認為。
「才不會。」她說。
只見三郎揚起了半邊嘴角，帶著諷刺般的討厭笑容看了一眼小真。
就算被當作是賭氣也沒關係，小真又說了一遍：「才不會。」
Line的通知聲劃破短暫的寧靜，不是葉子，是一個小真不熟識的朋友，不知道透過誰擅自把小真加進通訊錄裡，劈哩啪啦說了好長一段話，小真一眼都沒看，倒是順勢讀了螢幕上的時間。
時間的流逝在這間餐館總是比想像中還快。
在約定時間前兩分鐘，一個男人朝他們走來，三郎客氣地起身迎接對方，伸出手的同時，笑容滿面地向對方介紹道：「這位是我女兒，小真。」

3

李俊文是從朋友那得知有個男人正在做奇怪的工作。
「聽說那人的演技，比好萊塢的演員還逼真。」
朋友略帶醉意地說。俊文和他是從求學時代就結識的朋友，大學畢業後，友人求職路上不順遂，俊文索性就介紹他來自家公司工作，所以嚴格來說，俊文是他的貴人。
只是俊文沒想那麼多，當時他只是想要是能和熟人在同個職場一起打拼也不錯，幸好朋友沒有因為仗著自己是小老闆的朋友就在公司作威作福，苦幹實幹從基層爬起，現在是重要部門經理的他，在董事會面前說話也有點分量。

這二十多年，真是一眨眼就過去了。

工程業同行的許多人都已經把衣缽傳給下一代，安享天年去了，唯獨李俊文的父親李隆賢還是活躍於第一線，七、八十歲的身體卻用三、四十歲的拚勁處理公務。

除了友人，公司主管幾乎都是父親的老相識，董事會、股東也都是父親那的人脈，打從二十歲出社會起，父親就帶著俊文和他們打照面、應酬，站在父親的角度這是替兒子以後接班著想，但俊文知道這群年紀比他大快兩個世代的老頭們從沒把他放在眼裡，他到底不過是個靠父親打下的江山一舉高位的臭小子罷了。

「你若要他扮什麼他就扮什麼，貓呀狗呀，就算是叫他原地轉三圈汪汪叫都行。」朋友還在講那男人的事。

板前的師傅翻著烤串，搭話道：「你付了錢請人家學小狗也太沒意思了。」

「這只是舉例啦，我是說，只要你付得起價錢，那人什麼都幹。」

朋友接過師父遞來的烤串，吃了一口，接著舉起酒杯把啤酒灌進喉頭裡。

就是這樣。

俊文心想，像這樣在下班後到居酒屋吃著烤串、灌啤酒的約也只有朋友會奉陪了。換作是父親他們，應酬一定得上酒店、一定得叫小姐，就算那些年輕女孩只是笑笑地坐在一旁搭不上話題也無所謂，這就是搞營建工程的人的文化。

喝酒就該和認識的人安安靜靜地喝，去哪都無所謂。

俊文無法理解父親他們的想法。

「真那麼厲害，能不能叫他扮成我老婆？你不是說他什麼都扮得成嘛！」

「那種大叔你也吃得下手啊？」朋友回道。

「是男的呀，那就沒意思了。」老闆裝作一臉可惜的樣子，客套地回應著。

「是有個跟在他身邊做事的女孩子，但沒他那麼幹練。你如果要討老婆，便宜點就從越南或是大陸買一個，錢夠的話烏克蘭那也能考慮考慮，皮膚白，身材又好，帶回來你生意都不用做了。」朋友故意提高音量，好讓後廚的老闆娘也能聽見。

「少在那挑撥離間。」老闆說完，轉過身去準備其他客人的小菜了。

「考慮考慮呀。」

朋友一副自己很懂門路的樣子，其實這也是他道聽塗說來的。

朋友是個八卦的人。

所以才會打聽到那個從事奇怪職業的人的事。

「喂。」俊文有些介意，問道：「你說那男人是幹什麼的？」

「幹什麼的……這要怎麼解釋呀。」

「你說他能扮成任何人。」

「男的沒問題，女的大概會叫那小姑娘扮。聽說收費不便宜，但從沒讓人失望過。」

俊文挑釁地說：「那請他扮成我那已經死掉三十年的阿祖行嗎？」

「如果你有你阿祖的照片就可以，要是有錄音的話，那人連聲音都能模仿。」

「哈，有這麼神。」

「聽別人說的。」

朋友一邊剃著牙，一邊滑著手機。

「嗯，就是這支電話。」

螢幕上是他和公司某個女職員的對話紀錄，不知道是聊到什麼事，對方最後把那男人的連絡方式告訴朋友。

「你記下來吧，搞不好哪天用得著。」

已經搞不清楚朋友到底是抱持什麼心態在慫恿他了，俊文隨口答道：「怎麼可能。」

這種亂七八糟的活兒也有人在做，俊文覺得自己若不是真的老了，不然就是這國家要完蛋了。

他也喝了口酒。

沒有先吃點東西潤喉，嚐起來很苦。

「你弟要回來了沒？」朋友問。

「幹嘛扯到他？」

「臺商回流了呀，不是嗎？你弟不跟著走，還留在那？」

俊文冷笑道：「他哪是臺商，我連他有沒有在幹點正經事都不知道呢。」

「所以要不要回來？」

「回不回來都不關我的事。」

「怎麼不關你的事？回來你就麻煩了。」

俊文放下酒杯，垂下眼，「嗯」了一聲。

「公司現在是你爸和你的，他如果回來到時就是你們兩個對半分。」

「我是老大。」

「但你沒有大哥的樣子。」朋友接話道：「你弟比較得寵」

他媽的。

俊文在心底咒罵。

倒不是怨恨老弟，畢竟他從小就和弟弟感情不錯，成年後弟弟去大陸發展，和家族事業沒什麼關係，也很少和家裡聯絡，所以俊文從來沒有考慮到有天得和弟弟平分公司。

只是萬一，如果那個萬一發生了，弟弟真的跑回臺……

「大陸那的錢是運不出來的。」朋友說：「你還記得小范嗎？」

小范是俊文以前生意的合作夥伴，後來到大陸發展去了。

「他怎樣？」

「他在那賺了一億多人民幣，想早早退休，從朋友那聽說有管道能把錢轉到臺灣來，結果錢就被人吃了。現在沒人知道他在哪。」

「朋友欸。」

「是啊，朋友介紹的還這樣。所以我才問你弟是打算以後都留在那了，還是有打算回來。」

「我他媽怎麼會知道。」

他連弟弟現在到底在哪、在幹什麼都不知道了。

「沒聽你爸說過？」

「連我都不知道了我爸怎麼可能知道。」

朋友別過頭去，正竊笑著。

「你笑什麼？」

「這不是正好？」他敲了敲自己的手機，說：「是時候叫你弟回來見見父母啦。」

起初俊文沒聽懂他的意思，想了一會才看懂朋友的如意算盤。

「找這傢伙扮成你弟……」

「怎麼可能，就算他真的這麼神蒙混過去好了，到時候我弟聯絡上我爸不就破功了嗎？」

「人家是靠這行吃飯的，哪這麼容易被認出來。就算被認出來又怎樣？又不是要演給你爸一人看。」

朋友露出狡獪的表情說：「安排他和你爸還有董事會的人見面，事後被你爸看穿也沒關係，只要讓董事會的人對他印象很差就好了。」

「靠……這怎麼可能行得通嘛。」

「董ㄟ，你沒其他選擇了。你的天下很快就要割一半給人了。」

他依然是保持那嘲諷般地口吻，繼續說道：「搞不好還不只一半，你弟從小就比你懂得討大人物們開心。」

既然有朋友這種生來嘴賤的傢伙，就有弟弟那類嘴巴甜的人。

「我弟從來沒管過公司的事，他就算回來也……」

「也怎麼樣？也繼續不管你們，繼續過他的逍遙日子？算了吧，他如果回臺灣就只有一條路可走，就是到你……不，到你爸手下做事，還用問嗎？」

李俊文的弟弟，李明昆從小就是個機靈的孩子。就連做哥哥的俊文都不得不承認，老弟搞不好比自己更有經營手腕，尤其他和自己不同，是一流大學企管系畢業，怎麼想學歷都比他這個私校財經出身的好看得多。

儘管他們這行不太注重學歷，可是若有得炫耀誰都會把那張紙掏出來現。

莫名其妙。

又不是公司被跳票，像這種突然碰上的問題，卻還得費神去操心。俊文認為自己根本是自找麻煩。麻煩的是他竟然真的為此感到不安。

明昆啊……

他在心中呼喚著弟弟的名字。

你還是別回來了吧。

俊文是個會把心事寫在臉上的人，朋友見到他臉色越發難看，便抓住機會說：「你就去找這人問問看吧，看看他們這行是怎麼辦事的，反正只是問問又不用錢，如何？」

「去你的。」

嘴上雖然抱怨，俊文還是把那人的電話輸到手機裡，口中碎唸著這八成是什麼詐騙集團。朋友從一開始就是抱著看熱鬧的心態，認識俊文這麼久，他那石頭腦袋在想什麼早就看透了。

「老闆，再來一杯。」他把空酒杯放到吧檯上，笑得更開心了。

4

「不可能吧！」

聽見俊文的提議，妻子美娟的反應也和她一開始一樣。

就是嘛！怎麼可能有人能扮得跟老弟一模一樣呢？先不說行為舉止，光是長相就夠傷腦筋了。俊文還特地問妻子，以現在的化妝技術有可能扮得到嗎，而妻子笑著說「那根本就是去整形了吧」。

所以夫妻倆到現在都抱持著半信半疑的態度和這個名叫三郎的人見面。

他們約在市內某間料亭。料亭是從日本那來的名詞，俊文其實不太懂這背後有什麼悠久的歷史文化，單純是因為某次喜歡日本料理的他經朋友介紹，在光顧了一次後就成為忠實顧客罷了。

雖然昂貴，但高品質的料理和隱密的包廂空間，正是他所嚮往的。

「李先生，客人已經到了。」和室外傳來女服務生……或是該說女將的聲音，俊文應了聲後，對方把門拉開，熟悉的身影出現在門口。

「哇靠！明昆！你什麼時候回來的？」俊文忍不住叫出聲，連妻子也喊道「小叔？」

那個外形和弟弟一模一樣的人欠身後，笑道：「看見李先生這反應我就放心了。」

竟然連聲音都跟弟弟明昆一樣……

俊文睜大眼，說不出話來。

那人走進和室，身後還跟著一個綁麻花辮戴著圓眼鏡的女孩。

「這位是我女兒，小真。」那人說：「小真來，跟大伯和伯母打招呼。」

那女孩低下頭喊道：「大伯、伯母好。」

俊文被唬得一愣一愣的，他甚至覺得若弟弟有孩子，肯定長得跟這女孩一模一樣。

老婆在他耳邊低語道：「他是怎麼把你弟找回來的？」

俊文沒有理她，向那人問道：「你是三郎……先生嗎？」

「是的，就是我。」三郎伸出手。「這是我們第二次見面了。」

俊文也回握住他的手，但下巴仍一時合不攏，只能無意識地讓對方上下晃著自己的手。

三郎和小真在夫妻倆的對面坐了下來，指著自己和女兒問道：「不知道這樣的妝容兩位還滿意嗎？」

「滿意滿意，不……這到底是怎麼辦到的？真的只是靠化妝就能完全變得跟我弟一模一樣嗎？」

「不好意思，這部分是商業機密了。」小真代替三郎回道。

「真是難以想像……」

雖然活生生的例子就在眼前。

俊文從來沒想過三郎有辦法完美複製弟弟的容貌，一開始他只是把弟弟的照片還有以前參加公司尾牙時隨便拍的影片寄給三郎，結果光是憑那少少的資料這男人就有辦法變得跟老弟一模一樣。

就連姪女和弟弟站在一起都像是父女般毫無違和。

「李明昆先生有資料能參考沒有問題，可是女兒部分我們就是憑您告訴我們的形象自由發揮了，如果有哪裡需要修正請務必告訴我們。」

俊文沒聽說過弟弟有孩子，小真扮演的角色是他特別要求的，他想讓父親知道弟弟在大陸那已經有家室了所以不可能回臺，而以弟弟的年紀有個像眼前這樣看起來大概只有十一、十二歲的女兒是再合理不過。

「我，呃……」

哪會有什麼問題？根本堪稱完美！別說他了，今天問遍公司裡每個人連同他父親，不可能有人認出眼前的李明昆是個假貨！

「老婆，你看有哪邊不對勁或是不自然的嗎？」

太太起身，在那兩人身後繞了一圈後聳肩道：「我看不出來。」

這讓俊文忍不住拍手叫好道：「太好了！三郎先生，沒想到你竟然有這種本事。」

「哪裡，和大哥比起來這算不上什麼。」

看見有著弟弟模樣的人這麼說，讓俊文更開心了，他喚來料亭的女將，要三郎別介意，大家盡興最重要。

用餐期間，他仍不時觀察著三郎他們的一舉一動，例如調味料的用量和拿筷子的方式，甚至連吃飯時習慣磨左邊的犬齒這點，三郎都謹記在心。而看著他把高級生魚片夾到女兒盤裡以交換女兒不吃的海帶芽，那模樣一度讓俊文以為這兩人是真的有血緣關係的父女。

那女孩到底幾歲呢？雖然外表是個還在讀小學的女孩，可是年紀肯定不止，沒準已經成年了。

這讓俊文再次佩服三郎的化妝技術。

原本聽到對方出價二十萬時，俊文還覺得被敲詐了，現在見到兩人才知道這絕對不是獅子大開口。行得通。

依照俊文的計畫，扮作弟弟的三郎會和小真與父親及董事會的人見面，只要讓三郎在這些老頭心裡留下壞印象，屆時弟弟就算真的返台，董事會也不會輕易放過他，就算他真的進得了公司，也絕對攀不了高位。

靠三郎和小真，一定可以騙過父親和董事會的那些人，只要二十萬就能讓弟弟的威脅解除，太划算了！

「三郎先生，能冒昧請教您一個問題嗎？」

「大哥別客氣，儘管問。」

「……你做這行，做多久了？」

「從我出社會到現在。」

俊文不知道三郎的實際年齡，所以也推敲不出答案。他也聽得出來對方不太喜歡談這件事才會給予曖昧的答案。

接著他轉問小真：「妹妹呢？」

「半年多了。」女孩有著與孩童無異的稚氣嗓音。

才半年呀。果然時機歹歹，什麼生意都有人做。

「從你入行以來，有遭遇上什麼麻煩嗎？我是指，法律上的……」

「大哥是指？」

「像這樣請你扮成我弟弟，會不會有個偽造什麼身分之類的風險，呃，你懂的，就差不多是這方面的問題。」

因為公司的緣故，俊文打過不少民事訴訟的官司，可是像三郎這種幾乎算是遊走在法律灰色地帶的工作該用什麼名目治罪他還真沒有頭緒。

「我們不會替客戶簽署任何合約，和金錢相關的事務也不會干涉。」

「那萬一被我弟發現了會不會被告妨害名譽之類的？」

「只要不被發現就好了。」

三郎滿是自信地說，見到他這樣，俊文也不假思索地點點頭。不被發現。

的確，既然老弟已經很久沒和家裡聯絡了，就更不用擔心他會知情，至於爸爸和其他人……親眼見識三郎的神技後，俊文也安然放下心中大石。

「那麼……」接下來就是協調三郎和父親他們見面了。

一切進展得如此順利，讓俊文有種冥冥中自有安排的感覺。

5

上次見過面，俊文和三郎敲定了時間，還在隔週六去拜訪父親。

俊文提早幾天告訴父親弟弟回國的消息，沒等俊文開口，電話那頭的老父親就直說等不及要看看多年不見的小兒子。

「明昆就拜託你帶他來了。」

父親的口吻讓俊文很不是滋味，一副自己是弟弟的司機似地，還要大哥替他服務。

忍耐。俗話說得好，小不忍則亂大謀。現在委屈點，才能把弟弟這個隱憂徹底從公司根除。

進公司以來，他早就不是當初那個不諳世事的公子哥，現在公司年輕一輩的員工都是他的人，就只剩下那些老頭仗著資歷，還把他當小毛頭看。

「蕭仔，你見過我弟弟嗎？」他對駕駛座上的男人問道。蕭仔是他的司機，是個對他忠心耿耿的年輕小伙。

「沒啊，老闆。我根本忘記你還有個弟弟咧。」

「等等讓你看看他那蠢樣。」

蕭仔乾笑了幾聲，他可不敢跟著俊文一起數落明昆。

所謂派頭，不是單純從一個人的談吐或打扮決定的。對俊文這樣一個頂天立柱的男人而言，在外與朋友、與客戶見面，大家第一個看的就是你的車。因此若不是像Rolls-Royce的Phantom這種等級的車是不符他身分的。

所以當他見到三郎時，反而替他感到悲哀。

兩輛車停在老父親別墅的停車場，一輛是市值四千萬的Phantom，另一輛是……喔不，那只是路邊招來的小黃罷了。

「大伯！」小真朝自己揮揮手，同時甩上車門，俊文彷彿聽見了什麼零件掉落的聲音。

辛苦了，司機大哥。

階級社會呀。俊文感嘆。

從那輛破車下來的男人穿著一套廉價劣質西裝，標籤牌都還在上面，不但是雜牌，還是特價品，西裝上的銅色斑點絕對不是花紋，俊文打算裝作沒看見。

「好久不見，大哥……」

和上次見面時一樣，三郎仍頂著明昆的外貌，可是體態佝僂，鬍渣沒剃乾淨就算了，左右兩邊還不對稱，看了既落魄又猥瑣。

而他的女兒小真，雖然很熱情，但看起來傻呼呼的，一直不知道在那笑個什麼勁。

妻子看到後，在他耳邊輕聲說道：「就說你要求得太過分了。」

三郎和小真這副模樣，都是遵照合約書內的要求扮的。

「請盡可能讓別人對我弟留下壞印象。」當初俊文便是這麼拜託三郎。

蕭仔下車，也看到三郎，還半信半疑地問道：「老闆，這是你弟喔……？」

俊文把手搭在妻子肩上，笑笑不說話。

「少爺。」前來迎接兄弟倆的是父親的外籍看護麗娜，雖然名義上是看護，但其實是做與家政婦無異的工作，即使父母親身體硬朗，但兩個老人獨自生活總是有許多不便。

「麗娜，你見過明昆嗎？」

「明昆？」

麗娜來的時候明昆已經待在大陸好多年了，她大概沒聽說過老先生還有一個兒子。

「就是我弟弟。阿昆，這是麗娜，現在幫我照顧爸媽。」

「哦……哦，長得真水。」

三郎自己牽起麗娜的手，麗娜一開始不以為意，但見三郎遲遲不肯放手才用力掙脫掉。

「嘿。」三郎發出怪笑聲，又讓麗娜忍不住倒退幾步。

「老闆已經在等你……你們了，請跟我來。」

用不著這麼麻煩。俊文來過很多次了，當初買下這棟氣派的別墅時就是他陪爸媽來看房子的。

「喔、喔……」

此時跟在身後的兄弟正發出弱智兒般的驚呼聲。

雖然稍嫌誇張了點，但第一次造訪宅邸的人會有這種反應也是無可厚非。

上億置產，單是裝潢就耗資千萬，若再算上老父親蒐集來滿足虛榮心的古玩，單是呼吸裡頭的空氣便覺奢侈。

麗娜走在前頭，三郎和小真墊底，至於蕭仔……剛才俊文已經塞給他兩千塊要他自己去消磨時間。

「俊文！」背後傳來招呼聲。

俊文轉頭，看到一個頭髮花白的老先生朝他走來。

那人是蔡叔，父親多年好友，也是董事會老不死的成員之一，除去父親，若說董事會中有誰掌握最大的發言權可非蔡叔莫屬。

他會出現在這不是偶然，俊文老早就知道蔡叔每個假日都會來找父親玩牌，此行名義上是要見父親，實際上蔡叔才是主要目標。

「蔡叔。一陣子不見，您看起來更年輕了。」

「別跟我客套這什麼嘛！來找你爸的？」蔡叔臉上的肥肉因笑容而堆在一起，他和父親不一樣，是七老八十了還愛往酒店跑的老不修，最喜歡聽人誇他年輕。

「呦，這位該不會就是？」

「啊是的，是我弟弟，明昆，還有他女兒，小真。明昆，叫蔡叔。」

「蔡叔好。」三郎雖然是用弟弟的聲線沒錯，卻添了分傻氣，敬禮時動作也很遲緩。

倒是小真高興得握住蔡叔的手，說：「叔叔好。」

被小女孩叫「叔叔」的蔡叔笑得更開心了，也握住了小真的手直說：「好乖好乖。」

蔡叔好像很捨不得放開小真的手似地，打算就這麼牽著他一道和俊文見父親。

「俊文，」雖然皺巴巴的手還牽著小女孩的細皮嫩肉，但蔡叔的口吻稍稍變得正經些了。聽起來大概是想找他商量正事，這些老人再怎麼不服氣還是把俊文當下一任接班人，公事也得公辦。

「我聽人說，玉祥的牌照，你好像打算買下來是吧？」

蔡叔說的是營造廠牌照，依據可投標工程規模不同，分甲、乙、丙三等，像公司所經手的案子動輒上億，就得要有甲級牌照資格。

但申請甲級牌照的資格限制多，所以許多營造廠都採用借牌方式和人租借牌照以投標大型工程。前陣子俊文聽說有人打算出售甲級牌照，正好同行友人需要，他便打算購入，未來也能供人出借用。

「是這樣沒錯。怎麼了？蔡叔。」

雖然應該先問蔡叔是從誰那裡聽說此事，然而眼看時機錯過了，俊文只好順勢接續話題。

「你買那幹嘛？」

公司本身就是甲級營造廠，買下來當然是要租給同行啊。光是靠租金就足以讓人自立門戶了，這筆外快不賺白不賺。

「不行呀，俊文。我想這事你爸不會同意的……」

「……有什麼好不同意的？」

「租給其他人的話，要是有人欠錢不付大伯就要代替他還錢了。」開口的是小真。

這讓蔡叔很驚喜，那正是他想跟俊文解釋的，結果這小女孩腦筋轉得比誰都快。

「妹妹妳很專業喔。是爸爸教妳的嗎？」

小真搖頭，指著俊文說：「是大伯教的。」

「喔……」蔡叔斜著眼打量似地看著俊文。「這之間的利害關係，你明白得很嘛，俊文。既然如此那又為什麼這麼堅持呢……幾千萬的牌照不算什麼，但要是商譽受到毀損，可就對不起你爸爸了呀。」

「這……蔡叔，我……是有原因的。」

蔡叔揮揮手，彎下身跟小真說：「小小年紀就懂那麼多，真是了不起。以後來叔叔的公司上班？」

「我……考慮看看。」

「好哇，慢慢想，看是要當董事長、當總裁，都讓小真當！」

董事長？

「這可不行！」聽到敏感詞，俊文忍不住出口喊道，這立刻招來蔡叔側目，問道：「不行什麼？」

「我是說……呃，這對小真來說還太早了，搞不好她以後想當明星還是那個什麼現在很紅的直播主……」

「小真想當youtuber嗎？」

這色老頭對年輕人的名詞倒是很熟悉呀！

俊文覺得這人肯定都背著老婆把錢花在那些在螢幕前騷首弄姿的美眉身上了。

「不想！」小真精神飽滿地回道。

「看唄？」

俊文咬著牙，說不出話來。

趁蔡叔纏著小真不放時，他低聲向三郎說道：「叫妳女兒不要多說些有的沒的。」

三郎用哀怨的聲音說：「小真剛才是做球給你啊……」

「我、我……」

總不能承認自己答不上來吧！煩死了！

「反正叫那小鬼再笨一點，知道嗎？大人問她什麼就乖乖回答『不知道』就行了。」

「好的，大哥。」

三郎招招手，叫小真過來，並把俊文的指示轉告給她。

「就拜託你們啦。」

小真用力點頭，又跑回蔡叔身邊。

走過好像永遠走不完的迴廊，才來到父親房間，麗娜推開門，向裡頭喊道：「老爺，兩位公子都到了。」

裡頭那位正坐在窗邊讀書的老人正是俊文的父親，李隆賢。年過古稀仍身體硬朗，散發著長者的威嚴。

俊文每次和他相處都覺得不太自在。

父親看見一行人，第一個就問道：「那小女孩是？」

「不知道！」小真大聲地回道。

雖然原本就要那小姑娘耍笨，但轉眼間就立刻笨到這種程度，落差也太大了。

蔡叔立刻打圓場道：「這是你小兒子的女兒呀，隆賢。」

「哦，這樣子呀，原來我已經有孫女了呀。」隆賢搓搓自己修剪漂亮的八字鬍說：「看來是小兒子搶先大哥一步了。」

「搶、搶先什麼？」

但是老父親沒有理會俊文，招招手要小真過去，小真一邊喊著爺爺一邊跳到隆賢腿上，看來就是對感情融洽的祖孫。

「妳媽媽呢？怎麼沒看到她人？」

「不知道！」

因為剛才的要求所以現在這孩子只會回答「不知道」了嗎？

雖然和預想中有落差，但弟弟的女兒如果是個笨蛋那八成也是遺傳自弟弟，如此一來對俊文也沒什麼損失。

「今年幾歲了？」

「不知道！」

「學校成績怎麼樣？」

「不知道！」

不。

這樣下去不行。

就算騙得過老爸也瞞不了蔡叔，他的表情似乎已經察覺到異狀了。

而妻子也在俊文耳邊嘮叨著：「該不是被人給騙了吧？」

俊文又朝小真招了招手，這次他懶得透過三郎傳話了，直接告訴小真順其自然就好，能的話盡量寫實點，別引起人懷疑。說完，還伸出兩根指頭，提醒小真他可是付了二十萬。

小真點頭，又回到爺爺的腿上。

「所以媽媽去哪了呢？」隆賢再次問道。

「跟男人跑了。」

雖然小真的態度很自然，可是讓小女生說這種話怎麼想都不自然。

可是話已出口，俊文沒辦法阻止，再說頻繁叫小真跑來跑去才是最可疑的。

「男人？」

「從馬拉威到廣州來找工作的黑人。」

不只自然，還很寫實。

寫實到父親正抱著小真，一臉惋惜地說著「不如回臺灣跟爺爺生活吧，保證妳不再受苦……」

「那、那可不行！」俊文又忍不住脫口喊道。

「為什麼不行？」

「呃，小真，呃，從小在內地長大，回臺灣那口音肯定會被同學排擠。」

「唉呀，這麼說也是，小真，妳和妳爸爸現在住哪呀？」隆賢問道。

「海南。」說完小真揉了揉眼睛。「微死了，想歲告咧。」

海南人是這樣說話的嗎？雖然不太明白，但小真好像蒙混過去了。

「小畢揚子，系系特算哉。」

還是聽不懂，不過看小真笑得很開心應該沒問題。

「還是俊文機靈些，不然我這老糊塗要是自作主張可就害了小真。」隆賢拍著腦袋說道，目前看來情勢對俊文有利。

「明昆，已經多少年不見了哇？」

三郎剛才好像在打瞌睡，被父親叫到立刻叫了出聲，急忙回道：「好多年了，爸。」

隆賢也朝小兒子招招手，三郎一副心不甘情不願的樣子走過去，雖然俊文認為這是因為弟弟原本就長得一副倒霉樣。

同時他也向俊文等人招呼道：「俊文，快請美娟坐呀，別讓你太太站著。老蔡你也是，坐、都坐，我太太今天難得下廚，可有口福了。」

「爸，董事會那些人……」

「待會都會來，我說我那二兒子可終於明白他這還有個家，怎麼不能讓大家看看這孩子現在可有多神氣。」

隆賢把手搭在三郎背上，而三郎仍是那眼神渙散、駝著背、嘴角還有唾沫的樣子。

「好！一看就是有為好青年！」蔡叔也豎起拇指稱讚道：「隆賢你有這麼一個兒子，可是八輩子修來的福氣！」

此時的三郎正把食指伸到鼻孔裡，挖了坨巨大還黏著鼻毛的鼻屎。

俊文素來知道老爸偏心，但沒想到情況會如此嚴重。以前他還是個孩子時光是用手挖鼻屎就會被父親喝斥，沒想到兄弟都已經是個快四十歲的人了還能肆意挖鼻屎。

對弟弟的不平衡感就是從生活中諸多小事逐漸萌芽的，鼻屎只是壓垮兄弟情誼的最後一根……不，最後一坨鼻屎。

「他從以前就是長得一表人才樣。你現在看看小真就知道了，這麼可愛！」隆賢向孫女問道：「小真，學校很多男生都想追妳吧？」

「麼得幾呢。」

不行呀，那女孩繼續說方言的話根本不知道她在講什麼。

即使如此，俊文還是看見父親一臉「看吧」的表情對著蔡叔。

「話說回來，明昆，我看你十幾年來好像沒怎麼變嘛。」

隆賢向麗娜招呼道，要她去取來以前的相冊。俊文最後一次拍照是很久以前的事了，他連老爸家裡竟然還有相本都不知道。

麗娜不知道從哪變出來好幾本相本，隆賢接過相本，放在小真面前翻閱著，在場的其他人有些出於好奇有些則是應付，全都圍上去看。

「噯，明昆啊，你不但沒變老，好像還變年輕了是不是呀？」

這是當然的，因為俊文提供給三郎的照片是明昆大學畢業時拍的，照片中弟弟穿著學士服，而他則站在弟弟身旁捧著花束，兄弟倆都笑得好開心。

在那之後不久，弟弟就去大陸了，期間再也無新相片。

「小叔保養得真好，看了都讓人好羨慕呀。」妻子美娟說這句話時語氣很明顯地在顫抖。

「照這樣看來，把你安排去搞公關應酬，可討那些董娘喜歡了。」

「那、那可不行！」好像是第三次了，俊文急忙喊道。

「怎麼又不行了？」隆賢質問道。

「明昆老婆跟黑人跑了，要是讓他去跟那些小包的老婆好上了，這、這毀壞我們公司聲譽！」

「明昆，你沒這麼飢渴吧？那些老太婆可都快能當你媽了啊。」

但三郎聽了只是「嘿嘿」地笑著。

俊文聽了，趕快乘勝追擊：「剛才他還抓著麗娜的手不放啊！」

「少爺，我還不到三十……」

「唉，想不到明昆竟然有這種苦衷，一個大男人還有個女兒要照顧，這樣下去肯定是不行的，不如你就回臺灣，小真我再安排家庭教師……」
「那、那可不行！」
好煩呀。已經懶得去數是第幾次說同樣的話了。
「這也不行？」
「這麼多年來明昆已經沒法脫離祖國了。明、明昆，快點，唱你最喜歡的那首歌給爸聽聽。」
雖然俊文沒有和三郎串通好，但既然他女兒都能講得一口方言了，請他唱個《蘇州好風光》應該也不是難事。
三郎深吸了一口氣，氣宇軒昂地唱道：「起來！不願做奴隸的人們！把我們的血肉，築成我們新的長城！中華民族到了最危險的時候，每個人被迫著發出最後的吼聲……」
雖然和俊文預想中的有些不同，但意思應該是傳達到了。
「這可就傷腦筋了呀……」
「是吧？老弟他不是這個料，還是讓他好好待在大陸……」
「……這要是被老張聽到了，還不把明昆拉入他的統一事業？到時可得求我把兒子送給他囉。」
蔡叔也幫腔道：「老張膝下無子，要是知道隆賢你小兒子能繼承他的意志，還不把他手上那堆股份都交給明昆！」
「為什麼董事會裡有這麼麻煩的人在啊！」
聽見俊文的話，隆賢氣得指著兒子罵道：「你他奶奶的，你張叔竟然說不認識？老張他的立場是比較特別，但也是陪我打下江山的兄弟，你這話要是被張叔知道了吼，枉費你小時候人家對你這麼好！」

明明就是想讓弟弟出醜到頭來卻是自己被數落，老爸還跟著講起方言來。

俊文覺得心好累。

明明分別了十多年，老爸卻還一心向著弟弟，天理何在。

隆賢還抱著孫女翻著那些蠢相簿，俊文不懂那些東西到底有什麼好看的，老爸明明連眼前的兒子是假貨都分不出來嘛！

「唉，要是老太婆能看見明昆現在的樣子……」

「我還沒死呢。」

「媽！」

俊文的母親秋娥敲了敲敞開的門板，說：「菜都準備好啦，你那些小杅子係組你啊，不來可給你特場子去囉。」

連老媽都開始說聽不懂的方言了，俊文開始懷疑爸媽是不是知道弟弟要回來所以這禮拜拼命惡補內地土話。

俊文又想起以前從英文補習班下課，跟老爸說"How are you?"卻被回以「U三小啦？」的悲慘童年。

他好想躲進身旁妻子的懷裡痛哭一場。

「廖董他們很快就來啦，說是早就上路咧。」隆賢歪起臉說。

好巧不巧，門鈴響了。

「我去應門。」麗娜說著，跑了出去。

不久，門外立刻傳來臭老頭們鬧騰的聲音。

那群人的話題裡除了阿公店的事以外，都是在講弟弟明昆。

「老蔡，來，既然人都到了，咱們就移駕到飯廳去。」

雖然剛才的任務失敗了，俊文錯估弟弟在父親心中的地位，但換作是董事會的人可就不一樣了，他們與弟弟明昆素昧平生，頂多在孩提時代有過一面之緣。以那些老頭子刁鑽的個性和三郎本身的演技，最後再加上俊文自己的小小協助，肯定能摧毀弟弟在公司的立足之地。

老張、廖董、秦伯、宋先生、邱大爺，連同在場的蔡叔和父親，董事會的老頭子們都到齊了。這群人就是些喜歡倚老賣老又愛說大話，既好色又好賭，好死不如賴活著，無所不用其極給家人添麻煩的糟老頭子。

俊文認為給予如此評價，算是很客觀了。

眾人齊聚餐桌，儘管俊文很討厭與他們同桌用餐，但一想到接下來的好戲，也只能咬緊牙關撐下去。

母親秋娥燒得一手好菜，今天更是使出渾身解數，和家裡的廚子一齊準備了整桌菜餚。俊文對中菜沒太大興趣，但是他也明白父母親才不管他意見，這肯定是配合從中國回來的明昆才特地準備的。

尤其是孜然的味道真討厭！

老頭子們都是些無肉不歡的人，董娘特地下廚，更是讓他們手中的筷子從未停過，老的瘦的都把自己的嘴塞得滿滿的，油滴都還從嘴角流下，沾上了衣襟。

「隆賢，不說還真不知道你除了俊文還有個兒子，竟然都生了個這麼大的娃兒了。」說話的是秦伯，不過這幾個老頭說話的方式都差不多，所以俊文也沒太放在心上。

其他幾個老頭聽了也紛紛誇讚道弟弟長得一表人才樣，而其女小真更是青春可愛。

這類客套話簡直是八零年代港片裡才會出現的台詞。

然而父親就是吃這套，做父母的，最開心的莫過於兒子在外受人褒獎，讓他有面子。像這種時候，平常行事英明果決的父親目睭也是會糊到蜆仔肉的。

「那麼，不知明昆現在在哪高就呀？」接口的是宋先生，他一說完，又向身邊的秦伯、邱大爺笑道：「年紀也不小了，總不可能還在讀書吧？」

不知道是不是為了貫徹笨蛋角色，三郎好像只聽進了最後幾個字，慌慌張張地回：「我T大企管畢業的。」

「哦，企業管理是吧？前陣子我朋友的兒子也來應徵，他也是T大企管的，你們猜怎麼著？做沒兩天就跑了！說是自己菁英出身不該從小職員幹起，我苦口婆心勸他，不要翅膀還沒硬就想飛。我們這行，是講求實務經驗的，不是給你枝筆在那邊塗塗抹抹房子就能自個兒蓋起來呀。」

宋先生講話是所有人中最刻薄的，俊文知道他從以前就喜歡問人學歷，並不是因為他自己名校出身——相反的，他連高中都沒畢業，出社會跟著父親隆賢掙了點錢便開始看不起那些高學歷的人。

俊文回想當初自己高中、大學沒考好，倖免於被宋先生冷嘲熱諷，但自小學習能力高的弟弟每每都被他「好言相勸」道：「書是死的，人是活的，做人要知道變通。」也不知他跟一個十歲左右的小男孩說這話是有何居心，真他媽神經病！

理事會這幫人大多都是些沒怎麼讀過書，趁著那時經濟起飛看準風向一起飛的人，即使是留學過美國的蔡叔面對一群臭皮匠的壓力也只能摸摸鼻子不說話。

宋先生見三郎支吾其詞搭不上話，更開心了，他從上衣袖口取出一枝原子筆問道：「既然是學經營管理的，我便考你一考。你看這枝筆，要怎麼包裝才能賣個好價錢呀？」

這關企管屁事！你乾脆問茴香豆的茴咋寫算了！

這問題別說是三郎，連俊文也不知道該怎麼答。三郎又語塞了，他像遲緩兒一樣發出嗯嗯嗚嗚的聲音。

「所以說，這就是你們社會歷練不足了。幾天前我去西門那一趟，那可是你們年輕人最喜歡去的地方不？看到些比你們至少年輕二十歲的小夥子、小姑娘，拿著同樣的筆在賣，我看那也沒什麼了不起，但聽到他們說這是靠自己設計的，哇！心想這不得了，連這樣年紀的孩子都這麼有生意頭腦，知道要賺錢。我便陪他們聊了下，他們很有熱情呀，說是以後想開間設計公司，現在在籌錢累積資本。原本我是沒打算買這筆的，但看他們這麼有理想。便覺得作為前輩，可得給他們提攜一下。這枝筆，便是我用三百元買來的。問我值不值得？我肯定說，很值得。」

聽完宋先生的故事，嗓門特大的邱大爺忍不住豎起拇指連連稱讚道：「好！好！還是我們宋先生想法開明，平常在公司最關心年輕人的就是宋先生，連在外頭都像這樣不忘時時鼓勵我們國家未來棟樑，這可說是……從善如流啊！」

宋先生聽了也彎起嘴角，拱手作揖道：「大爺您過獎了，我只是盡我們這些老頭子的義務罷了。若不是那些年輕人上進，肯站在大太陽底下吃苦，我是一眼都不會瞧的。」

俊文放棄理解老人的思維，隨口回了句找碴的廢話：「前幾天不是都下雨嗎？」

「不過我看二公子細皮嫩肉，怕是沒多少現場經驗吧？」

這老渾蛋反正也沒在聽。

「我是做期貨投資的，曬不到什麼太陽。」三郎說，然而聲音卻立刻被邱大爺蓋過去了。

「所以說真不知道現在年輕人讀這麼多書幹什麼！我看就是逃避社會！好啊，你說讀企管，很厲害嘛！但你一個毛頭小子剛出來是要管什麼？連在家裡都是靠著爹娘把屎把尿，怎麼一出來就成主管了？沒這回事、沒這回事。」

「所以我說我是搞投資的。」

「做什麼行業都是這樣，早點立定志向，領先別人個把年，你們還在那讀四書五經時，我們就已經找好師傅或是跟著老闆學了，你評評理，是你課本上那些東西有用？還是老師傅幾十年的經驗實在？」

「那個我是……」

「隆賢兄，我們都知道你寵這兒子，但你不覺得這樣是害了他嗎？你看他連筷子都不會握！」

俊文這才想起父親，明明老爸就在位子上怎麼一聲不吭呢？明昆是他的寶貝兒子，就算董事會的人和他是幾十年的老朋友，也不及血脈之親，怎麼放任兒子盡是被外人數落呢？若以父親的個性，早就破口大罵把這群死老頭轟出飯廳。

「兩位說的是，我是太放縱這孩子了……」

不只父親，連母親都尷尬地向兩個老頭賠不是。

俊文想不透父母親幹嘛要道歉，看見三郎遲遲夾不起碗中的獅子頭的蠢樣頓時一股火氣上來，想衝上前暴打他一頓。

「愛孩子沒關係，天下父母心，我們都是做父母的人了，誰不愛自己的孩子呢？」總是一副氣定神閒樣的秦伯開口了，他那對肥厚的眼皮老是讓人搞不清楚是不是睡著了，有時候俊文真希望他就這麼一覺不起，眼睛也別睜了。

「秦伯說得好。」蔡叔正想替明昆開脫，未料秦伯又接著道：「可是幾位有所不知，我看著俊文和明昆自小長大，俊文很是獨立，但這明昆啊……是挺機靈的，但就是愛哭。什麼事情都得依著他，飯菜不合他的胃口，便要廚娘重煮；考試考差了，說是老師教不好；和鄰居小孩打架打輸了，就要他爹和他哥去把人一家老小打一頓。現在問他在做什麼，也一個字都答不出來。隆賢啊，這不能怪明昆，是你和秋娥的責任呀。」

「是、是，是我太寵他了。」

父親像個小學生一樣站在位席上給人檢討。俊文不記得弟弟的童年有和人打過架，至於其他事更是子虛烏有，倒是秦伯的兒子前陣子才因為酒駕被吊銷執照。

就算父親真的寵弟弟，怎樣都還輪不到這群老頭說三道四。

「品德教育得從小開始做起，小孩子啊……多半是一時衝動，當年你沒攔著他，聽他的話讓他去大陸發展，那時我們心裡都明白，你被你兒子騙了，他只是不想負起責任、不想吃苦，才逃到那兒去。否則你看，這麼多年啦！快二十年了！明昆他可闖出點名堂了？沒有呀！當初你真該鐵了心，聽我的話，讓我來帶這孩子，待到今日早就有一番成就。」

此時的俊文又再度被回憶召喚，童年時期除了蔡叔，秦伯最常來家裡拜訪。每次造訪總要抱抱他們兄弟倆，但這老頭眼睛和記性都不好，就算兄弟倆有段年齡差距也老是分不清兩人。有次秦伯聽說明昆要上小學了想過來看看他，一見到俊文就把他抱起來一邊喊著明昆的名字還作勢要親他。

那年俊文剛考上大學，正和女朋友在家裡約會。

而目睹這一幕的女友，當天晚上就和他分手了。

「……這怎麼好意思麻煩秦伯。」父親隆賢汗出如漿，直拿餐巾擦汗。

「欸，隆賢兄這話就太見外了。」這次換廖董說話了。「我們幾人是出生入死的患難兄弟，你的兒子我們也視如己出。明昌今天會變成這樣子，我們難辭其咎呀！」

明昌是誰呀？

俊文已經放棄糾正了。

他向父親低聲道：「爸，明昆他也沒幹什麼傷天害理的事呀……」

父親打手勢，要他不必多言。

「把兒子養成這樣，我萬分慚愧。」

隆賢說的同時，身旁的妻子也頻頻拭淚。

靠，一群神經病。

俊文氣得從位子上跳起來，連同身旁的三郎一把抓起。「明昆，幾個月前你不是才跟我說賺了一筆錢要拿來給窮人家的死孩子辦學校嗎？說給他們聽聽！」

「啊，呃……那筆錢，被朋友騙走了。」

「蠢……」本來俊文想揪著他衣領大罵「蠢貨」的，可是想想老弟剛才已經被人批得一無是處，再多補上幾句只會讓他更顯得悲哀。

當初下指令要三郎盡可能地向個廢柴的人就是他，所以三郎沒順著他接話也是合情合理。

「被騙了這也沒辦法，反正那筆錢本來就是多出來沒地方花的嘛！存款還多著呢。」

「被老婆拿去把錢花在姘頭身上了。」

聽見姘頭，幾個老頭子紛紛交頭接耳起來。

不過他們好像不怎麼意外。

「你！你怎麼有臉回來！」

「就是沒錢了才要回來呀……」

老頭子們又開始此起彼落地說著「是那個吧？」「肯定是了。」「就是那個沒錯。」「竟然會是那個呀。」

「哪個是哪個啦！」

「那個啊……啃老族。」

「這種大家都知道的事情就不用再那個那個了啦！」

「俊文，你別老護著你弟弟，」從剛才起話就不多的老張試圖安撫俊文。

「我什麼時候護著他了，我的目的是……」

不行，差點就說溜嘴了。

雖然俊文覺得講出來也無所謂，反正這些老頭也沒辦法用語言溝通。

果不其然，老張繼續說道：「我前陣子才看新聞，國內現在有很多不長進的年輕人，就跟你弟一樣，成天只知道作夢，沒事幹就靠父母養。像這種人呀，放出去也是危害社會，會給家族蒙羞的！」

廖董也搓著山羊鬍說：「仔細一看，還真覺得明昆長越大，越像那些在路上砍人的還有殺小朋友的……」

「像個屁咧！」

俊文的記憶再度被調回快二十年前，明昆剛從大學畢業，相貌堂堂的他有著企管系草的美稱，那時幾個老頭陪父親隆賢前來觀禮。當初廖董看見穿著學士服的明昆，還一邊摸著他的領巾一邊大讚：「這孩子長得比你父親當年還俊！」

而現在三郎就是依照明昆當年大學畢業、出國前的模樣上妝打扮。

「爸！你兒子被他們形容成這樣就不說點什麼嗎？」

這時老頭子們再度交頭接耳，還故意提高音量：「你看看你看看，又想護著兒子了。」

「你們是菜市場來的呀！」

「對不起，我李隆賢錯了，我李隆賢給大家道歉了。」

「臭老頭你就只會道歉嗎！」

還用那種跟政治人物沒兩樣的口氣。

「欸，俊文，你怎麼可以這樣對你老子說話！隆賢兄照顧你弟弟也是煞費苦心呀。」不知何時，連蔡叔也倒戈了。

「有病的是你們這些死老頭子！」俊文用力拍了桌子，嚇得站在老爺身後待命的麗娜直喊"Oh

my God.”

「老弟他啥都沒犯，一個人在那生活好好的，還得被你們講得啥都不是！」他又把身旁的三郎拎起來。「你看看這死樣子會是明昆嗎？他哪裡像明昆了！」

「……啊他就是明昆啊，不是長得一樣嗎？」

「我說內在啦！幹！」

「俊文，這、這看不出來呀。」

俊文又罵了一聲幹，把手指伸進三郎的鼻孔裡，拉出一串鼻涕來。「行了吧？明昆才不會像這傻B拖著鼻涕來見人。」

老頭群都被俊文這噁心的舉動嚇著了，一時半晌，無人敢出聲，深怕下一個被戳鼻孔的就是自己。

「俊文，你瘋了嗎？竟然在董事會的成員面前做這種事！」

「老頭子你才瘋了吧？連養了幾十年的兒子都認不出來，明昆什麼時候像個低能兒一樣啊嗚啊嗚叫了？更別說你那個假孫女了，小學生的胸哪有這麼大的啦！」

隆賢經兒子這一罵，身子顫抖，撫著心臟說不出話。

母親秋娥連忙勸阻俊文別再罵了。

可俊文正在氣頭上，他看不起父母親的懦弱，更受不了家人被人瞧不起，一想到老弟被這些成天屁事不幹就剩一張嘴的老頭說三道四這把火就滅不掉。

「自己兒子在外人面前被說成這樣還一個屁都不吭聲！誰他媽才是你兒子啊！疼他？疼他你想過要打通電話給他嗎？連他有沒有女兒都不知道，明昆才不需要跟誰道歉，更不用你來幫他道歉！」

說完，他又指著在場每個董事會成員。

「根本不了解老弟卻裝得比誰都還了解他，沒順著你們的意一個人自立門戶又如何了？人家失敗了嗎？有回來要你們可憐他嗎？明昆什麼都不用說，光是聽你們在那放屁就不會想回來了。哪天他在那兒的生意做得比你們誰都大時，你們每個還不都得去抱著他腿求他！」

一口氣宣洩完畢，俊文抓著妻子，又叫上三郎和小真離開這讓他噁心的飯局。

6

「給兩位添麻煩了，還讓你們看到這種不愉快的場合。」

結果先開口的是俊文的妻子美娟。

「不，請別介意我們。倒是李先生……」

「唉，」俊文深深地嘆息。「反正也就那樣子了吧。」

車子正行駛在公路上，漆黑的夜幕上沒多少星斗。俊文對三郎他們心有歉疚，便提議要送他們回去。原本三郎的行規裡是不能告訴客戶住址的，但是他很確定不會再跟俊文見面，索性就麻煩人家了。

「但是這對董事會那邊不太好交代吧？」三郎向副駕駛座的俊文問道。

「我已經不想去管那些老頭子了，他們想說什麼隨便他們說去，他們再怎麼蠢也知道在公司裡動我會造成多大的後果。」

「只是原本的計畫是要讓他們留下對李明昆先生的負面印象，這樣一來……」

「嗯，兩位都做得很好，是我真的嚥不下這口氣，我不知道弟弟是得罪了他們什麼，竟然把明昆講這麼難聽。」

「可是這樣不是正好嗎？如此一來你就不用擔心你弟會回來跟你搶公司了。」小真說。此時的她已經卸掉娃娃音，也把眼鏡拿掉，連麻花辮都解開了。

三郎偷偷觀察著她，感覺她很不中意這打扮。

「是這樣沒錯啦。」

俊文的心情很複雜。

回顧剛才在父親家裡發生的事，與其說是計畫失敗，不如說是凱旋而歸。確認董事會對明昆的厭惡，等同於自己的地位在公司獲得鞏固。

但是——

好不爽。

超級不爽。

明明因為父親偏心，一直以來都對弟弟抱持複雜的情感，但是聽到那些不相干的人對弟弟的事說三道四就覺得莫名光火。

不過，說起父親，會偏袒弟弟也是理所當然的。

畢竟那傢伙很優秀，優秀到讓他這做哥哥的相比之下就顯得平庸。所以老哥考不上的學校弟弟都替父親圓夢了。

若不是弟弟對父親的事業沒興趣，又怎麼可能會跑到大陸去，就此不回來？

畢竟那種乖乖牌，怕是一輩子都不敢正面頂撞父親吧……明昆當初會去大陸，應該也是下了莫大的決心。

俊文閉上眼，Phantom的引擎運轉聲幾乎聽不見，倒是蕭仔彈舌根的聲音比較惱人。

「我弟就是個王八蛋，是個讓老哥永遠都感到自卑的王八蛋。」

「你討厭他嗎？」發問的人是小真。俊文沒有深思，他想誰問這問題都無所謂，反正他的答案都一樣。

「討厭，全世界我最討厭的人就是他了。」

他總覺得說出這種話的自己像個鬧脾氣的孩子。

「嗯……」

「所以我覺得全世界只有我一個人有資格說他的不是。他如果真的犯了什麼錯，也只有我有資格扁他一頓。」

雖然老弟是個近乎完美的傢伙就是了，比起來，俊文自己才是個破綻百出的人。

可是他還是如此相信著。

因為是兄弟，所以只有彼此有資格教訓對方。

俊文透過後照鏡，看到小真露出欲言又止的表情，便問道：「怎麼了？」

「不，沒什麼……」

他翻了翻白眼。

他已經忘記要怎麼跟這年紀的女孩子相處了。

「有什麼話直接說沒關係，只要妳不介意，我們沒人會介意。」

他聽見小真吞口水的聲音，有所遲疑的問道：「你其實……很喜歡你弟弟？」

這女孩大概是漫畫看太多了。

「不，我還是挺不爽他的。就算他打電話來我也懶得跟他多聊兩句。」

「是嗎……」

「只是因為是家人啊。」

他如嘆息般說：「因為是家人，所以沒辦法呀。」

他不知道小真和三郎到底是什麼關係，但他想這女孩既然會問這問題就不是偶然。

「就算看對方不爽，還是希望他能好好的；說是希望他平安，卻不希望他過得比自己還順利。我所知道的家人，就是這種麻煩又無奈的東西。」

他側過身對小真說：「所以我一點都不想看到我弟，我不想看到他把身家賠個精光跑回來的樣子，最好就留在大陸吃香喝辣，一輩子別回來了。」

這樣應該不算說謊吧？

他看了一眼妻子，妻子正揚起嘴角偷笑著。

幾乎聽不見引擎和空調的聲音，每隔幾公尺就有扎眼的路燈刺進瞳孔，直到送後座的兩人下車，那女孩都沒有再開口。

「那麼，支票我會盡快寄過去。」俊文搖下車窗對三郎說道。不出所料，這兩人住在寒酸的小公寓裡，看起來不比倉庫的員工宿舍好上多少。

「不必麻煩了。」三郎說完，又向車內的他和妻子欠身行禮。

「不……這是事先講好的，再說我是真的很感謝兩位，請務必收下。」俊文以為三郎在跟他客套。
「恕我冒昧，這筆錢我不能收，請不必費心了。」
三郎再次說道，眼神很堅定，俊文也察覺他的意思，忍不住詢問原因。
然而對方卻毫不客氣地說：「請原諒我無可奉告。」
俊文是個不拘小節的人，倒不會介意三郎的態度，只是仍對他堅持不收款存有疑慮，可是既然三郎如此堅持，那繼續纏著人家也顯得不識趣。
道別後，三郎目送寶藍色的Phantom消失在夜色中。
當他轉過身時，右手也被悄悄牽起。
「大叔，」
聲音儘管躊躇，卻仍像是故作堅強般，小真說：「我決定了……」
雖然三郎也幾乎猜到了，但他還是問：「決定什麼？」
「去那孩子的家看看。」
小真說的，是那個被她婉拒過無數次的少年。
少年希望小真能扮演他離家出走的姊姊。
「這樣啊。」
「嗯。」
「可不要勉強自己呀。」三郎的臉色一沉，他明知道自己的立場應該在這時推小真一把，可是內心的失落感卻猶如在他耳邊低語般，告訴他試著挽留身旁的女孩。

「如果你是剛才聽了那番話……」他說。
「不是。」
相當沉窒的聲音，這讓三郎也闔上了嘴。
「今天早上出門前我看到了你藏在書櫃上的信封袋。你之前告訴我，那是支票。」
小真用袖子抹了抹雙眼，她在隱忍著淚水潰堤，已經忍了好久。
「那才不是……」她沒辦法放聲大哭，但也沒辦法再說話了。
三郎見狀，苦笑著說：「被妳看到了呀……」
小真把臉埋進他的袖子，三郎輕輕撫著她的頭。
這一整天，小真都裝作不知情的樣子，陪三郎完成客戶的委託。
真是了不起的孩子。三郎在心中感嘆，又看向小真，想將她的樣子永遠鎖在記憶最深處。回想今朝在面對客戶的家人時，像個孩童天真爛漫的她，背後是如哭似笑的面容。
其實她什麼都知道了。
「那就去吧，去試試看。」
三郎試著用輕鬆的語氣說。
「因為妳已經可以獨當一面了呀。」

2

「才不會。」小真又說了一遍。

Line的通知聲響起，屏幕上出現訊息。

小真，妳什麼時候要回學校？大家都很擔心妳，聽說訊息也沒有讀，是跑去哪了？很多人問起妳的事，可是我們也不知道該怎麼回答。妳還在生氣嗎？看開一點吧，這世界上還有很多人比我們痛苦，所以看開一點吧，別跟自己過不去了。

不是葉子，只是班上同學。大概是從誰那裡拿到了她的ＩＤ才擅自把她加進通訊錄的。小真看了一眼時間後，把螢幕關掉。

時間的流逝在這間餐館總是比想像中還快。

在約定時間前兩分鐘，一個老人走近兩人，三郎起身迎接對方，並向老人自我介紹。

根據這次的設定，小真是三郎的女兒。即使她對這層關係頗有微詞，但工作就是工作，她也沒得挑剔。

老人說他是第一次聽說有這種工作存在，三郎也習慣了，所以又耐心地向對方解釋承接的委託項目及規則。

「不過這次情況比較特別，是特別接受李先生的委託。」三郎說：「否則同一組家庭，我們是不會同時承接兩項業務的。」

「真是麻煩你們了。這件事情我也會先和我小兒子說好，俊文他大概不知道明昆一直有和我聯絡吧。」

聽三郎說，那位老先生偶然得知兒子的計畫，覺得很有趣便偷偷來打聽。

在知道詳情後，竟主動詢問三郎能不能優先接受他的委託。

老人的委託就是扮演他的小兒子和其女兒，陪同大兒子一起參加與公司董事會的飯局。

「屆時你們什麼都不用做，就看我和我那幫子朋友怎麼整我兒子就好。」老人笑著說。

「這麼做的意義是什麼呢？」小真問。

「我想看看對那孩子而言，手足和家庭到底在他心底佔幾兩重。」

老人雖然看起來嚴肅，卻有著溫暖的笑容。

小真似懂非懂地點點頭。

「我唯一擔心的就是走漏風聲，消息被我兒子提早知道。」

然而三郎只是笑著說道。

「那只要不被發現就好了。」

第四章・扮演姊姊的她

1

年級英文話劇比賽的海報貼在川堂，經過時偶然瞥見，我才想起好像有這麼回事。日期剛好選在我生日那天，真是沒有意義的巧合。

「說到這個，前幾天英文老師才要大家準備劇本呢。」

因為我上課都在睡覺，所以沒注意老師說過什麼。

朋友說，比賽規定劇本必須是原創，從書上或網路上隨便抄來是違規的。那時我心想學校真會找麻煩，平常塞一堆考試就算了，還想出這種活動折磨學生。

當天下午的英文課，就聽見英文老師對大家說：「這是每個人的責任，所以大家都要參加！」說完，還刻意看向某幾個她認為素行不良的學生，其中也包括我。

因為我上課常睡覺。

好煩呀。所有科目我最討厭的就是英文了，我的國文明明就還不錯，就算不讀也能考到高分，但同樣是語言，為什麼英文就永遠學不好呢？即使去了補習班也沒用，因為我只要聽到老師發出第一個音節就想睡覺。

其實升到高中以後，學校老師通常都不太會在乎學生上課打瞌睡，但是聽朋友說，我的睡相很差，說夢話就算了，還會動來動去，有一次還從位子上跌下來，滾到掃具間裡。

滾到掃具間的事讓英文老師耿耿與懷，她覺得自己被愚弄了，所以把這件事告訴班導師，班導師把我叫到辦公室去，告訴我下次再睡覺就要聯絡家長。

從那之後，我總是讓自己在上英文課時有點事情做，雖然滑手機不可能，但看課外書老師通常不會說什麼，再不然在課本上畫畫圖也行。

我聽著英文老師朗誦聽不懂的文句，腦中想著話劇比賽的事。

每個人都要參加呀……

雖然不討厭演戲，但一想到往後的放學時間都要留下來排練、製作道具就覺得麻煩，有沒有什麼輕鬆的工作呢？

我想到朋友說劇本得要自己準備的事。

高中的話劇比賽會是什麼樣的劇本？我沒什麼概念，但心想既然是英文科，是不是應該要寫篇主題相符的故事呢？

我想起以前跟弟弟借過不少莎士比亞的著作，那是他為了學校課程要用的參考資料特地請爸媽買的。因為是中文而且還畫成漫畫，所以我讀起來完全不感到吃力。

如果要找個最符合英文話劇的主題，肯定非莎翁莫屬了。

那時我想，反正閒著也是閒著，不如就趁上課時構思話劇表演的劇情好了。於是連續幾堂英文課，我都在想這部以莎翁名著改篇的劇本。老師看我整堂課不停振筆疾書，很是感動，也不再故意找我麻煩了。

雖然我只是把寫劇本當消磨時間的手段，當下課鐘一響，就把筆記本收起來，把這事扔到九霄雲外去，但劇本還是很快就完成了。

我的英文很差，所以我拜託英文小老師看看我寫的劇本，就算他們不採用也沒關係，當參考就行。

如此一來，我就算是有盡一份心力了，屆時排練偷偷溜走大概也不會被怪罪，搞不好他們看在我有出力的份上，連工作都不好意思排給我。

隔天英文課下課，英文老師說有事找我要我跟她回辦公室。因為這陣子我上課都沒有打瞌睡，所以我想應該不是壞事。

「這劇本是妳寫的嗎？我看過了，真有趣。」

老師從辦公桌的抽屜取出藍色的線裝筆記本，正是我用來撰寫劇本的那本筆記本。

我點點頭，接過筆記本。

雖然老師到最後都沒有說劇本是否會被採用，但是直到我離開辦公室，都感覺得到她用炙熱的眼神看著我。

我心想，既然老師沒有明說，那劇本大概是被退件了，可能在她眼裡我這種上課幾乎沒有睜開過眼的學生費心寫了劇本才是像摩西開海般的奇蹟，至於劇本內容如何並不重要。其實這也無所謂，畢竟真的要大家用奇怪的音調吟誦我寫的台詞才難為情呢！離話劇比賽還很久，我想既然事情已經交差完了，那就可以繼續睡覺，便回歸既往的日常。

那天補習，到晚上九點多才回家，明明睡了快三個小時卻還是覺得精疲力竭。我快快洗完澡便躺上床滑手機。

門擅自被打開了，雖然已經跟冠宇說過很多次進來前要先敲門，但他老是忘記。

「姊，今天你們學校的老師有打來家裡。」

冠宇說那時候媽媽正在煮咖哩，所以她把電話調成擴音，全家人都聽得見。

班導師好像從英文老師那聽說我寫了劇本的事，所以特地打來跟爸媽講。

真是有病，又不是我考上第一志願還是救出火場中的孩童，只不過寫了個蠢劇本而已就要打來報備，簡直是把人當幼兒園看。

「今天吃咖哩呀……」

劇本的事無所謂，相比起來，我更在乎咖哩。

因為要補習的關係，所以晚餐都去補習班附近的家庭餐廳解決，家庭餐廳是個有趣的地方，最近，我就發現一個每次都把自己化妝成不同樣子的千面人。那傢伙總是以為自己妝化得很好沒人能識破，實際上只要用心看還是分辨得出來的。

「放心啦，煮了一大鍋沒吃完。」

我和冠宇補習的日子剛好錯開，所以老是吃不到媽媽準備的晚餐。

咖哩還算好，放了一晚隔天更好吃，但要是漢堡排或是炸雞塊就不會有我的份了。

「話說我都不知道妳還會寫劇本。」冠宇說。

「那種東西誰都寫得出來啦。」我沒好氣地回道，畢竟多少還是有點在意他進來前不先敲門的壞習慣，以前曾懷疑他是不是想偷看我換衣服，可是冠宇和色胚子的形象實在落差太大了，雖然會耍小聰明，但不會故意做些不尊重人的事。

「哦，我還以為妳比較愛演。」

「你一直站在我房間門口才礙眼。」他知道我在開玩笑，所以笑了笑後就離開了。

離開前，我叫住他，叫他回來把門關上的同時，順便問他爸媽聽到後有沒有說什麼。

他聳聳肩，說媽媽那時候在忙，所以沒空理老師，而爸爸則是在沙發上看電視，也沒說什麼。

想想也很正常，我和爸媽很少說話，平常沒補習的日子我大多都和朋友出去玩，回家就只是洗澡睡覺而已。再說我一天至少要睡十小時，所以基本上我在家裡都是處在睡著的狀態。老師突然打這通電話來反而會讓他們覺得很困擾，尤其還是這種芝麻綠豆大的小事。

週六，爸媽都在家，弟弟也沒有補習，不過我們並不是假日會規劃去野外踏青的悠閒家庭，所以多半都是各自做自己的事。有時候弟弟會找爸媽去看電影，但我不是不在家就是在睡覺，都是事後看到電影票根或廣告ＤＭ才知道。

我在朋友之中是少數要上補習班的，所以他們總是喜歡揶揄我，說想安排活動都得看我臉色，其實我知道我去補習的時候他們照樣跑出去玩，可是無所謂，跟著他們總是能消磨掉假日時間，再怎麼樣都比躺在床上躺一天好。

「宛真，這是我男朋友，他叫……」朋友熱切地跟我介紹她新交的男朋友，這個月已經數不清是第幾個了。因為每個長相都差不多，名字卻完全不同，要記起來很麻煩，而且我也擔心不小心叫錯害朋友尷尬，所以我決定叫他男E。

男E帶了一個和他長得也很像的男生，不說還以為兩人是雙胞胎，我心想這男的可能未來也會成為朋友的男友，所以就姑且叫他男F。

男E和男F都是鄰近大學的學生，今天兩人都騎車來，說是有認識的人在北海岸開熱炒，要載我們去那晃晃。

真是不可思議，朋友總是能認識很多和熱炒店有關的男生，我明明沒有告訴她我喜歡吃海瓜子的事，我覺得一旦說了就會被人看作能被海瓜子收買的輕浮女生。

機車停在某個紅綠燈前，我是路癡，一直以來都是靠著海水的味道辨別自己與海岸線的距離，我很確定我們還在市區。

「妳可以抱緊一點沒關係。」男F說著，並抓著我的手搭上他的腰。他可能以為我會介意碰他才選擇抓著機車後端的金屬桿，其實我只是擔心抓著他的腰會捏到他的肥肉，這可能會導致機車失控，兩人雙雙被對向來車輾斃。

我認為我是個心思細膩的人。

沿途他說了很多自己的事，可是我沒在聽。因為朋友的緣故，我常搭不同男生的車，大多數的人喜歡吹噓自己，少部分的人則是走憂鬱氣質路線，起初我覺得挺有趣的，但後來發現大家的人生經歷都差不多，就懶得再聽了。

我只是單純喜歡乘著風，往某個地點前進的感覺。等我能去考駕照之後，就不用再讓別人載了。

雖然四季的界線越來越模糊，但還是明顯感覺得到比起夏天海邊冷清許多，有人把休旅車停在路旁，和妻小一起站在防波堤上看海，有情侶則是沿著沙灘漫步，海水反覆淹沒他們的腳踝，所有人臉上都洋溢著幸福的笑容。

喔不對，那對散步的情侶正是朋友和男E。

「你也是被朋友硬拉過來的嗎？」站在我身邊的男F問道。

「不是，我是自己要來的。」

每次聽到我的回答，他們都會顯露出有點尷尬的樣子，不知道該怎麼接話。

不過男F腦筋轉得比較快，他很快就轉移話題說道：「妳和妳朋友不一樣，感覺妳比較成熟。」

「是嗎？」

「嗯，感覺妳的眼神，有點憂鬱的氣質。」

那只是因為我沒睡飽而已。

可是我不想說出煞風景的台詞，畢竟我是個心思細膩的人，所以我說：「這可能是因為我總是在照顧人。」

「弟弟還是妹妹？」

「弟弟。」

「真是個幸運的傢伙，我只有個哥哥。」

「是雙胞胎嗎？」我看著正在海灘上和朋友親熱的男E說道。

「蛤？不，我哥大我七歲。」

他說他和哥哥年紀相差不少，所以沒有共同的童年經驗，如果可以的話，他還是希望能有年齡相仿的兄弟姊妹。

「如果有像妳一樣可愛的妹妹就好了。」他說。

會這麼認為的人，只有沒有妹妹的人。

我雖然沒有哥哥，但也不會想要，其實我覺得一個人是最好的，兄弟姊妹這種東西，對我而言是可有可無的存在，雖然我和弟弟的關係不差，但也不會對他抱持著濃厚的感情。

以前也有過和弟弟關係特別緊密的時候，那時我們年紀都還小，常一起玩所以也常吵架，都是為了一些不值得浪費力氣去爭執的事情而吵，例如蛋糕上的巧克力片或是家裡只有一輛的滑板車，我有年齡優勢，通常佔上風，但最後總是會被外力介入，所以「妳是姊姊，要讓弟弟」這句話我已經聽膩了。

現在我沒有力氣再跟誰吵架，同住在一個屋簷下，我總覺得不管是誰都無所謂。

男F從口袋取了根菸銜在口裡，也遞給我一根，我跟他說我討厭菸味，他便縮回手，還把嘴裡的菸吐掉。

我連打了幾個哈欠，他問我會不會覺得無聊，我說我只是想睡覺，他又問我今天回不回家，我說當然是會回去了，我如果不在自己的床上睡覺就睡不好，所以我很討厭露營或是旅行。

「妳朋友好像打算今天睡我們那邊，這下可傷腦筋了。」男F扶著頭苦笑道，他和男E是室友。

「她就麻煩你們了。」可能是因為剛才被說有成熟氣質，讓我忍不住如此說道。

朋友和男E回來了，朋友踩著輕快的腳步，臉上泛著紅暈。

「你們不去沙灘上走走嗎？」

「不了。」我說。

我不想讓沙子跑到鞋裡去。

我同時也是個怕麻煩的人。

朋友說了聲「真可惜。」後，回頭牽起男E的手，男E對男F眨了眨眼，男F搖了搖頭，兩人沒有交談。

兩人的朋友在海邊開熱炒店，雖然是假日，但是來做海水浴的人不多，所以熱炒店的生意也很冷清。店面是用鐵皮搭起來的，排煙管歪七扭八的用鐵架串在天花板，爐灶一開火就發出隆隆的聲音，好像隨時會掉下來。

充當牆壁的木板上面釘著日曆，海風一吹拂好幾天就過去了，感覺這間店面即使能撐過明年春天，也絕對撐不過夏天。

兩個男生叫了一桌子的菜，聽說因為是認識的人所以有折扣。朋友事先告訴我對方會請客，所以我把錢包留在家裡，身上只帶了點零錢。雖然覺得有點不好意思，但我更在乎自己有限的零用錢。

我覺得自己最適合這種粗糙又廉價的味道。以前冠宇生日，爸媽要帶他去吃一客一千多的牛排，他問我要不要去，我想機會難得，搞不好一年，甚至一輩子只有一次機會，總要體驗看看，但實際嚐了發現也不怎麼樣。

「真不識貨。」那時爸爸皺著眉對我說。

其實我不是覺得不好吃，只是一想到這塊小小的肉排要一千多元就覺得不值得，這筆錢我寧願拿去買一大堆漢堡。

後來每年他生日，他們三人要吃好料時我就懶得跟了，雖然我的那份也不會變成現金當我的零用錢就是了。

我們吃飽喝足後，又在那聊了一陣子的天。大多都是朋友和那兩個男生在講話，他們原本就認識，話題也多，雖然好幾次他們都頻頻把話題拋到我身上，但我因為覺得疲倦，實在沒力氣回應他們，所以只能繼續聽著他們講學校和朋友間的事，三不五時再點頭附和就好。

我並不是幽默風趣的人，但朋友喜歡帶上我和男生一起出去玩。有時候一群人，連同其他外校的男女生一起騎車或是去唱卡啦ＯＫ，最常被問的問題就是「妳看起來很累」。雖然我的體力的確不怎麼好，但主要原因還是我不擅長應付這種場合，大多是其他人說什麼就做什麼，會和他們出去還是消磨時間的因素居多。

與其待在房間睡一整天的覺，不如出去晃晃，比較不會有浪費了一天的罪惡感。

要回去時，太陽已經西沉了。我坐在後座，隱忍著睡意，心想不能浪費涼風拂過臉頰的舒爽感，更重要的是萬一睡著我很可能會摔下車，然後被後面的來車輾過去。

男Ｆ送我回家後向我要了Line，我請他去問我朋友，因為我懶得開手機讓他掃描條碼，現在的我只想回家洗澡睡覺。

回到家，爸媽和冠宇都坐在客廳一邊看連續劇一邊聊天，好像正在聊弟弟升學的話題，雖然他和我一樣都是明年才成為考生，但爸媽已經開始擔心了。我想去洗澡前先喝杯果汁便走到廚房，從他們身後經過時弟弟看了我一眼，我也瞪回去，我們都沒說話。

週一到學校，英文小老師說話劇比賽的劇本已經決定了，我的果然沒有被選上，後來她和一些英文好的人自己寫了一部更完整的劇本，而且是用全英文撰寫的。雖然心底有些失望，不過一想到我已經替話劇比賽盡了自己這份心便覺得如釋重負，應該不用再淌這渾水了。

「然後根據之前大家寫的志願名單，我們已經排好分工表了，如果有意見的話請跟我們說。」小老師說完，把名單貼到黑板旁的布告欄上。

我沒有聽過什麼志願名單，問旁邊的同學才知道上次英文課老師好像有問大家想被安排到演出組還是道具組，我想我肯定又睡著了。

原本以為應該沒我的事了，結果下課時有人跑來告訴我我的角色是惡役千金。

一開始還以為是要一直餓著肚子的角色，聽他解釋後才知道所謂的惡役千金是指少女漫畫中會一直扯女主角後腿、阻止她和男主角相愛的邪惡大小姐。

「聽說妳以前很擅長欺負人，那這角色正適合妳。」那個男生如此說道。

他大概是指國中時和朋友看人被壓在牆角揍的事。

我已經很習慣別人的冷嘲熱諷，所以不以為意，倒是話劇比賽的事讓我無法接受。

我知道跟小老師講也沒用，所以當天我直接跑去辦公室找英文老師，告訴她我不適合這個角色。

「我的英文很爛，卻要演台詞第三多的角色。」

「因為最後沒有採用妳的劇本，老師覺得可惜，所以想給妳安排一個重要的角色。」

原來是老師決定的，錯怪小老師他們了。

「老師發現妳變了，竟然這麼熱衷班級事務。老師很感動，希望妳也能影響其他人。」

接著老師提起朋友和其他比較常混在一起的人的名字，她認為能藉由我說服她們認真上課。

這是不可能的，朋友愛怎樣是她的事，我管不著。

我只想把這討厭的角色推掉。

「可是，老師聽說妳很擅長演戲。」

「沒這回事。」

我不知道老師是從哪聽來的，可是最後一次演戲是小學畢業晚會的事了。那時候冠宇還小，爸爸媽媽帶著他來看我的表演，雖然是五年前的事，我卻覺得猶如前世的記憶般悠久、模糊。

無論我如何推託都沒辦法改變老師心意，從一開始我就是白費工夫。

當天下午的英文課，我都在背從小老師那裡拿來的劇本，光是要看懂就很吃力了，所以我在每句台詞旁都寫上中文——包含公主、王子還有其他角色的，不然我不知道什麼時候要輪到我說話。

搞不好一直找理由讓我上課時有得忙才是英文老師真正的目的。

就連晚餐去家庭餐廳時，我都還捧著劇本讀，一字一句慢慢咀嚼著，思考當下角色的心境。

那個有趣的人又出現了，為此，我還特地把位子移到他的後面，我認為跟著一個擅於偽裝、演戲的人，聽他的語氣並想像他的動作，那自己的演技也能變好。

當天補習完回家，雖然已經很累了我又想到台詞還沒背完，只好替自己泡杯咖啡，加了三包糖，回到房間。

因為是二十分鐘的話劇，所以台詞不少，我在學校先把每天要背的量分配好了，若是連第一天都不能確實遵守，那我肯定一輩子都背不完劇本。

睡意正侵蝕著我的腦細胞，我打開電腦，放了華格納的曲子，心想找些氣勢磅礴的音樂聽比較不容易睡著。

結果因為音樂不小心放太大聲所以被已經入睡的父親臭罵一頓。他連我在做什麼都沒發現，直叫我趕快上床睡覺。

平常躺在床上會被他說懶，難得坐在書桌前又被趕回床上去，人生好難。

回到被窩閉上眼睛，回憶剛剛背誦的句子發現腦內一片空白，只好又爬起來把劇本帶回床上背，因為我大部分的時間都在睡覺，所以視力沒有機會惡化，現在就算躺在床上看應該也無所謂。

就這樣，直到最後我依然一個字也沒背起來，迎接了新的早晨。

昨天回家時聽到冠宇跟媽媽說早餐想吃蛋餅，果不其然今天的早餐就是蛋餅，可是我起得太晚了，當我到餐桌前時蛋餅只剩下一小塊，只好等等趁經過便利商店時買飯糰吃了。

媽媽把冠宇的制服外套放在椅子上。「今天爸爸有事沒辦法載你去上學，就讓姊姊帶你去吧。」說完，又向我問道：「沒問題吧？」

「又不順路。」

「不過才差十分鐘的路程不是嗎？」

其實我只是覺得冠宇已經國二了，又不是剛上小學，根本不需要我陪他上學，再說，一直以來我也都是自己一個人上下學的，可從來沒碰上過什麼麻煩。

「如果你覺得自己一個人也沒問題就要跟媽說。」

但是弟弟卻回道：「我早就說過了。」

大概擔心是每個母親的通病。

路上，我告訴冠宇因為他把我的蛋餅都吃掉了，所以我要去便利店買飯糰吃。

他點點頭，沒跟我進去店裡。

我對吃沒什麼講究，能填飽肚子就行，很快結完帳，出了店門，他還在原地。這是當然的，只有母親眼中的他才真的無比脆弱，好像一眨眼就會消失不見。

「姊，你昨天被老爸罵了？」

「嗯。」

看來冠宇也聽見了，畢竟爸爸的罵聲比《諸神黃昏》裡的咚隆隆還大。

「和男朋友聊天聊太晚？」

「什麼男朋友？」

「沒有嗎？我以為姊妳一定有……」

沒有這種東西。

我暫時對睡覺以外的事情提不起興趣。

我如實告訴他我沒在跟任何人交往，結果他卻告訴我上禮拜有女生跟他告白。

其實這才是他的目的，他想找我商量這件事。

可惜我並不清楚這方面的事。

「但是常有男生載妳回家吧？」

因為他們有車，不然我只能搭公車或捷運，想辦法靠自己走回來，很累。

我告訴他等我明年考到駕照就不用人載了，他說機車很危險，老媽大概不會答應。

「我又不是像你一樣的媽寶。」我說：「那個女孩子是怎麼樣的人？」
「挺可愛的，人也很大方，還滿聰明的。」
看來冠宇也很喜歡對方，我甚至懷疑搞不好是他先跟人家告白的。
「那你就接受對方的心意吧。」
如果是朋友大概會對這話題很感興趣，只是我不像她長年鑽研此道，所以想法也很單純。
「……爸媽他們會說什麼嗎？」他露出罕有的不安表情問道。
「記得說是對方主動追你的就好。」
送冠宇到校門，分手前他難得在我面前露出笑容，還喊了聲「再見」。
雖然不知道有沒有幫上忙，但是他高興就好。
我回到自己的學校，遲到了十五分鐘，不過我並不會怪冠宇，畢竟扣除掉往來我們兩間學校路程的十分鐘還有五分鐘，所以我就算沒送他上學也會遲到。
班導師見到我嘆了口氣，她也很習慣我遲到了。我曾經因為等紅綠燈等到睡著，因此遲到了快一個小時，所以十五分鐘根本不算什麼。
在學校因為很無聊，所以我依然在背劇本。朋友看到了還一臉嫌惡的問我是不是瘋了。
「我才不打算陪他們玩。」朋友是道具組的，她已經下定決心要翹掉每次的小組會議了。
她抽走我的劇本，好像原本打算挑幾句唸出來嘲諷我，結果發現自己也不會唸，又默默把它放回我桌上。
「這麼麻煩的東西，不能把它推掉嗎？」

「我試過了。」

「那乾脆擺爛吧。」

朋友見我沒回話，只好口裡嚷嚷著「真無聊」，走了。

我覺得她說得也有道理，恐怕整個班上包含英文小老師都覺得這比賽很麻煩，放眼望去，拿著劇本猛背的人只有我一個，雖然也有可能是因為我的英文特別差勁的緣故。

高中二年級，那些想拚升學的傢伙們應該寧願把時間投資在更有意義的地方上吧，就算是像朋友這種人也不會想浪費時間在話劇比賽上。

而我，只是因為無事可做。

Miraculously。

這個字我費了好大的勁才背起來，但是發音還不太標準，為什麼「奇蹟」的音節會那麼多呢？這是不是在暗示奇蹟很難發生呀，英文真是種現實到討人厭的語言。

因為在學校不好意思唸出聲音來，所以我一直都是默背。

我覺得，照我現在的進度，就很需要來點Miraculously。

就算是我這個上課老是在睡覺的人也聽過老師說學習需要方法，我覺得如果說單字老是背不起來就等同承認自己是笨蛋了，所以我相信我只是還沒找到學習方法而已。可是我又不好意思去請教老師或是英文好的人，一來我不認為他們有辦法幫上忙，二來我不想再讓人產生奇怪的誤解，劇本那件事如今徹底違反我的本意，我不想再惹更多麻煩了。

我是怕麻煩的人。

一天很快又過去了，我在學校背好了第一幕的台詞，至於回家後還記得多少就另當別論了。

那天冠宇要補習，很晚才會回來，我靠昨晚的剩菜隨便解決晚餐後就回房間繼續背劇本了。

經過昨晚的經驗，我認為背書還是要趁著尚有精神的時候背，結果我就這樣在書桌前睡到隔天早上。

隔天早上，洗好澡走出浴室的我聽見冠宇的聲音，他正在說那個女生的事。

「能邀請她來家裡坐坐嗎？」

聽見媽媽這麼說，那代表事情進展得很順利。

我來到飯廳，弟弟看見我，偷偷朝我比了勝利的手勢。

因為那天換成我要補習，冠宇好像一直在等我回家，我洗好澡回房間後沒多久他就溜進來，當然又忘記敲門了。

「謝了，姊。」他說：「我今天問那個女生了，週六會邀請她來我們家。」

「恭喜。」我說。

「那個……妳週六有要出門嗎？」

我記得下禮拜要演戲組的要驗收第一幕的台詞，雖然第一幕很短，我還是想趁假日時多複習。

聽見我說沒有，冠宇一臉可惜地說：「這樣啊……」

他不擅長隱藏情緒，只是我畢竟不是什麼好人，也不打算為了他更改行程。

「看妳這幾天好像都拿著那東西在背，那是什麼？」他用下巴指了指我書桌上的劇本。

「這是劇本。」

我告訴她我莫名其妙被指派飾演台詞很多的角色，雖然離正式演出還有將近一個月，可是以我的英文實力不提早準備不行，我可不想屆時上台忘詞甚至一個字都唸不出來，淪為大家的笑柄。

我認為我是個自尊心高的人。

「感覺這角色很適合妳。」大致翻了一遍我的劇本後，冠宇說。

我的中文註解還沒寫完，可是他翻到後面幾幕時也很順暢地讀完了。冠宇和我不一樣，是個成績優秀的聰明人。

爸媽為了他，在冠宇上小學時特地把他的戶籍遷到別的地方，因為那裡的小學才有資優班，而他也不負父母期望地考上了。那時我還覺得不服氣，因為我讀小學時爸媽可沒有如此大費周章，不過如今看我倆的成績差距，只能說父母親當初的決定是正確的。

冠宇從小就是背負了天才的名號。

既然是天才，那在讀書考試上應該有自己的一套方法，我不曾問他怎麼考取好成績，畢竟爸媽也不太會在乎我的分數，再說我也不好意思問他。

可是這部劇本已經困擾我好幾天了，我低下的記憶力和鳥類沒有分別。

「你都是怎麼讀英文的？」我問道。

「多唸幾次就背起來了。」

看來問了也是白問。天才的思考迴路和凡人是不一樣的。

妄想從他那獲取訣竅的我再次印證了自己是笨蛋的事實。

我該怎麼辦呢？除了拼命把劇本背起來好像也沒其他方法了，心一橫，我又在每個單字旁寫上國字注音。像是持續困繞著我的Miraculously唸起來就是「米路可垃圾里」，聽起來很像某個髒兮兮的地方，這樣大概就好記多了，至於發音就留到以後再慢慢矯正。

結果垃圾里的效用比我想像中還大。原本打掃時間我都會趴在位子上睡覺，現在卻因為擔心睡一覺剛剛上課背的台詞就忘了，只好老實去外掃區掃地。聽網路上的農場文說在背誦時保持身體活動能增強記憶力，所以我一邊掃地一邊背台詞，也不知道是不是多虧這方法，看見外掃區滿地垃圾，腦海中就立刻浮現Miraculously這個字，不知不覺間，我已經能夠背出八成的台詞了。

那天冠宇要補習，爸爸還在公司，大概會等冠宇下課帶他一起回來，媽媽在廚房洗碗，所以我坐在客廳沙發上背台詞。

「冠宇這禮拜六要帶他朋友來玩。」媽媽說。

「嗯。」我說：「他有跟我講。」

「妳這禮拜能出門嗎？」

「為什麼？」我問道。

媽媽沉默了半晌，水龍頭的水聲不曾間斷。

「……那個女生好像很喜歡妳弟弟。」

我已經下定決心要把劇本背好了，為此我還拒絕週六朋友的邀約，雖然去個人卡啦ＯＫ也能安靜地背台詞，但是很貴。原本家庭餐廳是首選，但我前幾天不小心打聽到那個人工作的事，知道他禮拜六有事不會出現，那去餐廳也沒什麼意思。

「我會鎖好房門。」說完，我就回房間了。

禮拜六，爸爸媽媽都在家，聽說爸爸為了見冠宇的女朋友一面還把牌局推掉了。我因為待在房間裡，還依照約定鎖上了門，所以聽不太到他們在聊什麼，但時不時會有笑聲透過門縫傳進來，連平常不苟言笑的爸爸都笑得很開心。那女孩的聲音甜美又有精神，大概也是個風趣的人，每次她一說完話，總是會傳來一陣快活的喧鬧。

坐在書桌前會被他們的聲音干擾，所以我跑進被子裡，這樣也能稍稍唸出聲音來，不用擔心會吵到他們，只要不被睡魔召喚，一切都沒問題。

雖然最後我還是睡著了。

醒來時，外頭已經沒有聲音，我悄悄打開房門，避免因為我一時糊塗讓那個女生發現這個家還有第四人存在，幸好客廳裡空無一人。

大概是外出吃晚餐了。我想起自己中午到現在都還沒吃東西，便跑到家附近的便利商店買晚餐。好死不死，在便利商店看到不想看的人。

英文老師叫住我的名字，在外面被人喊名字很丟臉，起初我不想回應，直到她把手搭在我肩膀上才只好裝做現在才發現她的樣子。

「真巧！都不知道妳住在這附近呢。」

我想告訴她其實我只是從島嶼的最南端迷路到這來的，但她應該不會相信。

「來買什麼？」她看了一眼我拿在手上的即食咖哩。「晚餐？」

我點點頭。

「這樣吃得飽嗎？」

自從我開始在她的課上背劇本後她對我的態度就轉變很多，現在連三餐都會關心了。

我隨便敷衍了她一下，告訴她我想趕快回家繼續背台詞。

她聽了更高興了，又露出之前那種炙熱的目光。

「今年的比賽，家長會很支持喲。」

她說好像是因為家長會裡有個什麼市議員候選人的，政見是要推動英文教育，所以贊助了一筆錢給學校。

我突然想起最近道具組在弄的佈景，雖然離完成還有一段距離，但是看得出來下了重本。

「所以這次我們也特別開放家長來參加，搞不好還會有媒體來採訪。」

「喔……」

「宛真，妳能邀請妳爸媽來嗎？」

我搖搖頭，覺得沒這必要，又不是每個人的家長都會來，像是道具組的人找爸媽來看其他小孩在台上表演根本沒意思。

「但是妳是第二女主角呀。」

「不是第二女主角，是惡役千金。」

而且還和馬克白夫人一樣死得莫名其妙。

我不想再談這件事，我告訴她我的咖哩要冷掉了，得趕在咖哩冷掉之前回去，不然我的咖哩會變成幽靈永遠留在這間店裡。

其實我原本可以藉這機會問問她我有什麼發音不準確的，只是我突然不想這麼做了。

在那之後，我順利通過了驗收，雖然飾演女主角和男主角的人都是班上英文成績排行前面的傢伙，其中一個人還從小在美國長大，說得一口比英文老師還道地的英文，這讓我在演員陣容中顯得很突兀。

「發音還要再加強，其他應該都沒問題了。」英文小老師一副高高在上的樣子說。

我雖然是個愛面子的人，卻也是有自知之明的人，我知道她的評價已經很客觀。

隨著比賽的日子越來越近，大家也越來越緊張，雖然一開始每個人都表現得一副不在乎的樣子，可是現在就連朋友都在放學留下來幫忙了幾回（雖然大多時候還是翹掉）。

他們好像打算租禮服的樣子，畢竟故事背景設定在十八世紀的某個虛構西方小國家，不把自己弄得像有個大屁股是不行的。

其中有個人平常就有蒐集這類禮服的嗜好，我甚至懷疑連劇本都是她策劃的，她拿了一本厚厚的型錄，給我們幾個主要演員看。

「如果是女主角的話，最好是挑水藍色或是粉紅色的這件。」

扮演女主角的就是那位從小在美國長大的女生，住在速食國，不但沒有長成大胖子還有著洋娃娃一樣的容貌，大家都覺得這類禮服很適合她。

那位同學好像早就決定好每個人適合什麼樣的服裝，輪到我時，她指著一件有著黑色披肩和白色條紋繡花的長裙，若不是少了個鐵十字徽章，我還以為我是在演納粹黨。

「這件真是太適合妳了！」扮演男主角的人說。

我總覺得我沒有發言權，就算有我也不知道要選哪件，畢竟我是個怕麻煩的人，所以還是交給這些傢伙決定就好。

「太幸運了！沒想到有這麼多預算能花！」那個對禮服情有獨鍾的同學把型錄捧在懷裡，一臉陶醉地說。

我瞄了一眼一套服裝的租金，心想絕對不能辜負這個角色。

補習回家，冠宇又跑來我房間找我搭話。

「今天你們老師又打來家裡了。」

不祥的預感在我心中孳生。

「她說下下禮拜就是妳們的話劇比賽，要老爸和老媽參加。妳好像拿到了一個很不得了的角色。」

「嗯。」

是整部戲唯一沒活到劇終的角色。

「那爸媽怎麼說？」我問道。

「媽說她會去，所以爸應該也會去。」

真是意外的答案。因為很麻煩又沒什麼有趣的，原本我想說他們一定不會來。

「那你呢？」

「嗯……那天我的補習班要考英檢的模擬考，沒辦法去。」

「喔。」

這樣也好，只是小小的話劇比賽卻要全家出動也太可笑了，又不是參加我的告別式，真想叫爸媽也別來了。

可是班上的那些傢伙為了這齣戲浪費了不少錢，自然是能讓越多人看到越好。

Things have been changed since you were last among us.

這是我其中一句台詞，雖然翻譯過了可是我搞不太懂要用什麼情緒表達。

我開口問冠宇，結果他卻跑走了。

我只好靠自己想像。這一幕是我試圖挑撥女主角和男主角及其人的感情。我閉上眼，想像身穿那套黑色禮服的自己，裝作和女主角交好實則憎恨她的樣子。我很嫉妒她……可是我必須裝作深愛她的樣子，只因為我們是同父異母的姊妹，終究有著無法斬斷的血脈。

「Things have been changed since you were last among us.」

所以我只能告訴她全世界都是我們的敵人，歡迎來到這飽含惡意的世界。

大概，是這種感覺吧？

當然我已經知道結局了，女主角最後還是選擇相信男主角，愛情的力量戰勝了我，我因此發瘋墜樓而死。

這樣想想，我扮演的角色也挺脆弱的，竟然因為一點挫折就自殺，雖然是扮演惡役，但大小姐終究是大小姐呀。

後續的排練很順利，多虧英文老師雞婆，我的發音也逐漸被矯正成怪模怪樣又做作的語氣了。

雖然過程中還是有些人對我扮演這個角色感到不滿，可是我已經投資了大把時間在這位大小姐身上，此時如果再把我撤換我大概……呃，大概也不能做什麼。

「妳進步好多。」

英文小老師說。她是不苟言笑的人，這種人的誇讚雖然不動聽但很實際。

不知道是不是因為我的努力感動上蒼，這些傢伙開始會主動找我搭話，不過他們講起話來總是散發一種菁英般的討厭氛圍，讓我實在不想和他們有深入往來。

朋友還是三不五時會找我出去玩，只是我都以要練習話劇為由推辭了。我們混在一起的時間越來越少，她不理解我為什麼要為話劇浪費這麼多時間，我不怪她，畢竟我也不知道答案。

疏遠了親密的朋友，但是又不想和那些自詡菁英的人接觸，我在班上處在有點尷尬的位置，一想到最後唯一會來找我聊天的人只剩下英文老師就覺得痛苦不堪。

可是我不後悔，冠宇說得沒錯，我可能真的蠻喜歡演戲。

如果我能像家庭餐館的那個怪人一樣，讓大家都不知道我的真面目就好了。

離演出剩一個禮拜，幾乎所有道具都完成了，有水晶吊燈的舞廳佈景以及設計給矯情女主角裝可憐用的貧民窟，多虧金錢的力量，成品遠超乎高中生應有的水準。

我抱著我的屍體，這具人偶要在我墜樓之後被吊在市民廣場上示眾。

「做得很像吧。」製作人偶的同學得意的說。

回到家，我告訴爸媽話劇比賽的事，雖然他們早就知道了，但我覺得基於禮貌，我還是開口問一下比較好，總要親自確認看看他們是不是真的會出席。

媽媽想了一下才記起來老師曾經特地為這件事打電話過。

「如果妳爸有空的話就沒問題。」媽媽看著正在沙發上看電視的爸爸說。

「難怪這陣子常聽妳碎碎念，原來是在背劇本啊。」他說：「我和妳媽都會去的。」

總覺得鬆了一口氣。

我把我們班演出的時間告訴他們，以免他們太早來會覺得無聊，當然若是遲到就完全沒意義了。

正式演出前一天，租借的禮服送來了。

我拿到我的那一份，果然看幾次都很像納粹黨員，十八世紀真的會有人這種衣服嗎？難以想像，只是我既然是壞人，那這種散發著邪氣的華麗洋裝或許是最適合我的。

「好漂亮呀！果然很適合妳。」我穿上那件長裙後，同樣換上禮服的女主角對我說。

「太緊了。」我說。

「因為那個年代女生的衣服都是這樣子嘛。」

我跑到廁所的鏡子前，想調整腰帶的鬆緊，可是這套衣服好像是訂做的，沒有辦法調整。

好累，要穿著這套衣服站在舞台上二十分鐘，真是折磨人。

若不是看在它很漂亮又很貴的份上，我一定會把它脫下來燒掉。

英文老師也見到我這蠢樣子了，還故意挖苦我：「仔細一看，妳長得蠻可愛的。」

她大概是以為我已經把她當朋友了。

大家穿著禮服上台，這是在正式演出前最後一次上台。

拜我這幾個禮拜的努力，如今我已經將台詞記得滾瓜爛熟，甚至連其他人的台詞都快背起來了，發音的問題也得到改善，還被說是有種法國人說英文的韻味。

我和女主角有好幾次對手戲，還有一些和男主角調情的畫面。當我倒在男主角懷裡望著他時，這個笨蛋還故意把臉別過去，害我必須再重演一遍。

二十分鐘的劇場，很快就結束了。

大家散會時，老師還特地跑來鼓勵我，要我明天繼續維持今天的水準。

「當初安排這個角色給妳是對的，沒想到妳的演技這麼好。」

我告訴她我只是不想丟臉，因為我很愛面子。

當天回家，爸媽和弟弟如往常般聚在客廳，我不知道要不要再提醒一次他們明天有我的演出，可是看見他們正專注在電影劇情中，便覺得不要打擾他們比較好。

我又對著房間裡的鏡子演練了好幾遍，想像我正穿著那套華麗的衣裳，面對的是諸神允諾我的王國。鏡中的我，露出了幸福的微笑。

比賽當天下著毛毛細雨，原本以為選在平日辦比賽會有很多家長不克出席，但來的人比想像中還多，看來大家都是疼愛小孩又吃飽沒事幹的優良父母。

前一組的班級好像挑了科幻題材的故事，不過我的英文很爛，台上的演員在講什麼我都聽不懂，只看到他們演到一半時突然跳起舞來了，這讓我有點慶幸班上的那群人當初寫劇本時沒有異想天開穿插歌舞進去。

表演結束，掌聲稀稀落落，可能是因為中途有人笑場，讓大家聽不懂他在說什麼的緣故。

馬上就輪到我們了。

大家帶上道具，我們也換好衣服在後台等待，道具組的人手忙腳亂地上台搭好佈景。等司儀喊道我們班時，布幕也拉開了。

舞台眩光刺眼，我在很久以前曾看過類似的光，只是高中禮堂的設備遠比小學還豪華，我想我這輩子都不會再有機會看到這樣的舞台。
第一幕是男女主角各自的獨白，燈光打在兩個人身上，女主角頭飾上的人造珠寶閃閃發亮。我透過布幕的死角往觀眾席看去，來回搜尋了好幾遍，還是沒有發現爸媽的身影。我想，可能是因為觀眾席黑壓壓一片，所以我才沒能找到他們。
很快，輪到我了，這是第二幕，我試圖蠱惑女主角，讓她對男主角和其他好人產生疑慮的橋段。我走上台，甚至不需思考，身體就站定在彩排時的位置。我停止思考爸媽的事，現在我的眼裡只有我那可憎的妹妹。
我摟著她，她在我懷裡哭泣，在我告知她有關其身世的真相之後，這個從小被佃農父母純樸的愛包圍著的傻姑娘才終於意識到自己的平凡有多麼不幸。
「Things have been changed since you were last among us.」
輕撫著她的背，並望著他那白皙的脖頸，覺得實在太脆弱了，如初生嬰兒稍加用力便足以致她於死，但是我不行，她再怎麼礙眼也還是我的妹妹，所以她值得更悲慘的死去。
宛若有著薔薇色的圓舞曲正反覆持續著，就像在代我傾訴我對妹妹的愛，讓我的惡意精巧卻快速的膨脹著。
第三幕，愚蠢的妹妹中計了，她與那些真心誠意對待她的人產生了爭執。那名相貌醜陋卻心地善良的御廚被指控在妹妹的菜裡下毒，而對王家忠心耿耿但年老色衰的女僕長則被妹妹當作謀劃這一切的主謀。
直到英俊瀟灑的王子告知妹妹這場猴子也想得出來的陰謀都是她那同父異母的姊姊所策劃的。

礙於時間有限，妹妹只花了三秒便接受王子的說法。

我依然沒看見爸媽的身影。

第四幕，陰謀詭計被揭穿的我站在城樓上，面對的是男女主角和他們的親信。我看著台下，這曾經應該屬於我的國家，猶如降下了一場暴雨，暴雨涮去了我的假面具。

最後，我保持那僅屬於我的微笑，歡迎妹妹來到這毫無救贖的可悲世界，旋即從城樓一躍而下。

我的遺體被吊在市中心廣場供人唾罵、侮辱，舉國上下都替我的死感到開心，爸媽看到這幕會作何感想？或許打從一開始我就是富含著惡意邀請他們來觀劇。

演員謝幕，我最後一次往台下望去，慶幸他們不必看到女兒的屍體被人踐踏。

比賽結束，同學說接下來要去附近的速食店辦慶功宴，還拖著英文老師一起去。

「要一起來嗎？宛真。」小老師問我。

「不用了，我還得趕去補習班呢。」我笑著答道。

回家的路上，我一路狂奔，外頭已經不是開場時那毛毛細雨了，但我總覺得無所謂，甚至還希望雨下得越大越好，因為我得趕在到家前，讓雨把我的淚痕洗掉。

我全身溼透了，頭髮黏在我的背上，滴著水，瀏海也亂成一團。我回到家，看見爸媽都在家裡，冠宇也在。

三個人正在客廳看電視。

「啊，表演已經結束了嗎？」母親看到淋濕了的我，問道。

我點頭。

「唉，真可惜。你弟弟他今天下午說肚子不舒服，所以我和你爸就接他回來了，剛才才帶他去看醫生呢……好在醫生說應該只是吃壞肚子，不是什麼嚴重的病。」

母親很快地把弟弟的狀況交代完。其實，她大可說慢一點的，那樣她的語氣或許會更自然些。

我回到房間，拿了換洗衣物，去沖了澡。

我看著鏡中的自己，水氣凝結，朦朧的結晶在玻璃鏡面上，只能依稀看出一個女人的影子，一個裸著身體的女性，總覺得好陌生。

熱水從頭頂澆淋，流過我的胸部、臀部，我覺得好疲倦，我想著，是因為那齣戲已經結束了，我又回到過往的日子，總是在睡覺，就算醒了，沒多久又會睡去，就算夢境裡的一切我什麼也記不得，但還是寧願就這麼睡去，我的生命好像是由戲與夢構成的，當戲演完後，我只須進入夢鄉即可。

洗完澡，今天想早早上床休息。我把書包裡的劇本放進最底層的抽屜裡，已經用不到它了。

不久，門被打開了。冠宇站在門口，面無表情地說了聲：「抱歉。」

我問他為什麼要道歉，他告訴我今天因為他裝病，所以爸媽才沒去看我表演。

「我很怕今天補習班的模擬考，所以我在學校打給媽媽說我肚子痛。」

他正迴避著我的視線。

「結果，她太大驚小怪了……」

「原來如此。」說完，我又躺了回去。

不知道過了多久，外頭傳來嬉笑聲，我再度爬起來，發現冠宇又忘記把門關上了。

我起來關上房門，拿出房間裡最大的一個袋子，把我常穿的衣服還有日用品塞進去。

我帶上手機和我全部的零用錢，提著行李袋走到家門口。

最先注意到我的是冠宇，他喊道：「姊，妳在做什麼？」

這時爸媽才發現站在玄關的我，我告訴他們，我要離開這裡。

「那妳打算去哪裡？」母親問道。

我還沒想好自己能去哪，腦中第一個浮現的其實是六十元飲料無限暢飲這件完全無關的瑣事。正當我思考時，突然想到冠宇告訴我他和他女朋友的事，於是我也想試試看。

「我要去男朋友家，我要搬去跟他一起住。」

「妳知道妳才幾歲嗎？」

十七歲，是要叛逆的黃金時期，錯過就沒機會了。

父親聽到我有男友的事，開始氣急敗壞地說我不知廉恥、骯髒，那些話大概是他看港片學來的吧，現在終於有機會派上用場了，真為他感到高興。

冠宇好像想阻止我，可是看到爸媽只會站在原地叫罵，他也愣愣地站著不動。

我打開家門，還細心地替家人們上鎖才離開。

我終究不是那個一有不如意事就選擇跳樓的千金大小姐，所以我決定去找個好地方睡上一覺，說不定會剛好有個相貌醜陋但心地善良的廚子會願意把他的灶房借給我呢。

2

三郎解開安全帶，從擋風玻璃的斜上方往大廈望去，喃喃道：「真高。」

今天的他沒有化妝，自從大老闆的那件工作結束後，他就很少出門了，我因為答應接下那位少年的委託，所以三郎也沒有在這段期間安排其他工作給我。我們都過了一段頹廢的日子。

我拿出手機，對準他的臉，找好角度拍了一張照。

他聽到快門的聲音，皺了皺眉說：「我討厭拍照。」

「拍一張而已，你快死了，現在不拍以後就沒機會了。」

「好吧。」他一臉無奈的樣子又讓我忍不住多拍了一張。

前陣子三郎被診斷出罹患肝癌，發現的時候已經太遲了，就算想醫治大概也沒有錢。一開始他還想瞞著我，現在已經放棄抵抗，老實招供了。

就算我沒有看到醫院的報告書，早晚也會察覺三郎的異狀，光是他的聽力就比以前退步許多。和他相處的日子久了，就知道他的演技的確不如他所想的那麼好。

只不過，半年呀……

不只病症很普通，連醫生研判的剩餘時間也很普通。這人一路以來的人生都挺不普通，大概是在最後想嘗試看看當個普通人的感覺。

周圍很安靜，離下班下課前還有一段時間，在我回到少年的家前，我們就在車上等待。

根據與少年簽定的合約書，我要在他家待上三天，這段期間我必須扮演少年逃家的姊姊，時間一到，三郎就會來接我回去。

少年的姊姊是個善良又乖巧的女孩，家人都很愛她——這也是從他那裡得到的情報。

「都記熟了嗎？有關宛真的所有特徵。」下車前，三郎再次叮嚀。

「記不熟也沒辦法。」我懶得正面回答，便開玩笑地說，說完，向他問道：「三天後，你會來接我吧？」

「一定會的。」

我身上除了手機以外沒帶上其他行李，雖然三郎叫我把衣服和其他雜物也帶上，可是我不想給他落跑的機會。

我還想再找藉口見他，所以才把東西留在他家。

我朝少年的家走去，大廈的管理員見到我露出很慌張的樣子，此時我的臉和少年的姊姊一模一樣，而那個叫宛真的女孩到底也是個消失了半年多的女孩。

「伯伯好。」我笑容滿面地向他問好。確認我是活生生的真人後，他推起老花眼鏡，像在觀察珍奇異獸般看著我，簡直是漫畫人物才有的動作。

我進了電梯，按下少年家的樓層按鈕，等待的途中就看著電梯裡徵信社的廣告。那間徵信社不久前才因為找到某失蹤兩個月的大企業老闆千金一炮而紅，我還記得三郎看到新聞時還很不屑地說：「真是走狗屎運。」

電梯到了，我經過走廊，壁紙依然是半年前斑駁的樣子，雖然這是棟外表光鮮亮麗的大廈，但內裝就暴露了他屋齡二十年的事實。

我拿出鑰匙，打開家門的同時，有精神地喊道：「我回來了！」

因為宛真是個善良又乖巧的女孩，還很有禮貌。

廚房那傳來碗盤碰撞的聲音，一個女人穿著圍裙還戴著橡膠手套，從廚房跑到我面前，以幾乎同樣的音量說道：「妳回來啦。」
家裡好像只有媽媽一個人，我想爸爸應該是還在公司，等弟弟補習結束順道接他回來。
不過我還是問道：「爸爸去哪了？」
「還在公司。」
答案跟我想的一樣。
我聞到廚房傳來陣陣香味，媽媽說是特地為我準備的。
「真不好意思，明明弟弟今天要補習。」
「沒關係，我們可以先吃。」
但因為我是善解人意又體貼的好姊姊，所以我告訴媽媽想等大家回來再一起吃。
「這樣菜會冷掉，就不好吃了……」
我還是堅持要等家人到齊才能用餐。「因為我們是一家人呀。」我說。
「好久沒有去學校上課了，課業一定趕不上大家。」因為我是個受老師喜愛的好學生，所以回家趕快溫習功課也是理所當然的。
我從反應不過來愣在原地的媽媽身旁走過，回到自己的房間。
房間裡沒有一點灰塵，大概是有人打掃過了，我衷心感謝那個人的同時，一邊檢查自己有沒有東西不見。
娃娃、書、衣服都還在，當然還有那本被放在抽屜最底層的劇本。
我翻開劇本，閱讀著上面的台詞以及宛真留下的筆跡。我閉上眼，在心中一字不漏地默背出劇本，我之所以會記得是理所當然的，因為我知道宛真曾經花費大量的時間背誦它，既然和三郎一起工作，他一定也會要我像宛真一樣，把劇本深深烙印在腦中。

Things have been changed since you were last among us.

到現在我都對這句子似懂非懂地——就跟宛真一樣，從來沒有真正搞懂過這句子想表達的意思。我的英文也很差勁。

不過這些句子我想我暫時都不會忘記。

宛真的學生證放在書桌上，照片裡的女孩看起來一臉疲倦，大概是前一晚唸書唸太晚了。制服就掛在衣櫃上，明明有半年多沒人穿了，卻燙得很整齊，完全沒有剛從塵封已久的櫥櫃裡拿出來時會散發著的霉味。

還有床鋪。

宛真最喜歡的床鋪。就算這半年來她有鬆軟的床鋪能睡，但是當初沒能把枕頭和棉被一起帶上還是多少覺得可惜。若是有記得帶著也不用害其他人睡地板了。

雖然告訴媽媽我會在房間裡看書，不過在客戶的視線外我沒必要依循著合約的要求演下去，所以我跳到床上，想像自己躺在雪地上，就算沒有看過雪，也能做床天使。

好想就這麼睡下去，永遠別醒來。

可是我還在工作，三郎如果知道我失職肯定會很難過，所以我沒有放任自己繼續深陷在被窩中。

晚上九點多，爸爸和弟弟回來了。因為他們已經事先知道會有一個人來取代他們的女兒和姊姊，所以他們都想表現得一副很自然的樣子。

只不過弟弟比較不成熟，見到一個和他姊姊長得一模一樣的人，就張開雙臂朝我走近，似乎想抱我。

我朝他比了一個大叉叉，告訴他肢體接觸是違反合約的。

他難掩失落，所以我只好安慰他規定就是規定，沒辦法為了誰破例。

一家四口圍在飯桌，媽媽準備了遠超出我們食量的豐盛菜餚。

媽媽煮了一鍋宛真喜歡的咖哩醬，她拿起我的餐盤，將醬淋在蛋包上。

「我自己來就可以了。」因為宛真是個獨立的孩子。「先幫弟弟盛吧。」

媽媽看起來有點懊惱，爸爸則是從剛才開始就沒說話，專心吃著飯。

弟弟看起來有點緊張，我是個細心的人，所以主動問他今天在學校有沒有什麼有趣的事。

「有個笨蛋以為我女朋友單身，想追她。」

「你不會輸給那傢伙吧？」

聽見我這麼問，弟弟立刻反駁道：「怎麼可能！我們感情很好。」

「是指你跟那個男的感情好嗎？」

看見弟弟有些崩潰的哀號著，我笑了。

弟弟為了證明他和女朋友的感情堅不可摧，還在手機裡翻出他的臉書頁面，他確實和一個女生處於穩定交往中。

「真是情比金堅。」我說。

「那……」弟弟試探性地問道：「姊姊這半年來在做什麼？」

這半年來宛真在做什麼？

少年提供的情報可沒有提到姊姊失蹤以後的事，這意味著我沒有宛真的記憶，我可以隨意發揮。

「我跑到深山裡去了。」

「深、深山？」

「嗯，深山裡住著一對兄妹，靠盜墓維生，因為妹妹的體力很差，所以他們收留了我，條件是我要替他們挖墳墓。」

原本我是打算說橘子共和國的故事，但我有點擔心弟弟會發現這故事是從書上抄來的，只好臨時瞎掰一個。

「為什麼是盜墓呢……？」

「因為我很喜歡睡覺，知道睡在哪裡比較舒服。」

「那對兄妹，對妳好嗎？」

「哥哥很白癡，妹妹很聰明。哥哥老是挖到不值錢的墓，妹妹看一眼就知道哪個墓裡有寶藏。」

弟弟很努力想延續話題，可是又不知道要怎麼應對下去，反而是爸爸先沉不住氣。

他放下筷子朝我罵道：「妳到底是跑去誰那裡鬼混了？」

果然還是得搬出橘子共和國的故事，那可得從我和一隻褐色小熊的相遇開始說起……

「我和妳媽打給平常和妳廝混在一起的人，沒一個知道你他媽跑去哪。」

「這樣啊。那你們有沒有試試看打給班上同學或是學校老師呢？他們可能會知道我的下落。」

只是可能而已。

但爸爸卻答不上話。

「因為把事情鬧大就不好了。」我笑著對弟弟說：「那女孩有沒有很羡慕你一家三口好幸福呀？」

弟弟低下頭，沉默了。

「我在問妳話！」爸爸又吼了，宛真的記憶裡他是個習慣用情緒解決事情的人，但誰不是這樣呢？

「你真的想知道？」

我說：「我住在陌生男人家裡，對方快四十歲了。」

爸爸的臉因憤怒正抽搐著，可是他還是隱忍住破口大罵的衝動，問道：「是和冠宇見面的那男人嗎？」

「你們見過面？」

弟弟先一步開口道：「我叫爸爸不要衝動，讓我來處裡。」

「謝謝你，冠宇。」

我再次面對那個盛怒中的男人。「你在意我是不是跟那個男人睡了，對嗎？」

爸爸沒有回答，但我知道他心底肯定在想這事。半年前宛真離家時，他口裡喊的就是這些，他是個很傳統的人，他看待女兒的貞潔就如同他對女兒的愛一般重要。若是少了處子的血，我還剩多少價值呢？我很想知道這一點。

所以我說：「我和他上床了，好多次，從來都沒有避孕過，或許已經有孩子了。」

我說著，一邊拿出剛才在車上拍的三郎的照片，拿給他看。

「就是這個男人。」

那張照片裡的三郎臉上的傷疤不清楚，所以我又挑了一張可以把他那半張爛掉的臉完整納入鏡頭中的相片。

給父親看完，我又讓母親也看了與我共度無數夜晚的男人長什麼樣子。

母親第一眼露出了嫌惡的表情，但像是為了顧忌我的感受，只好結結巴巴地問我：「宛真，妳愛他嗎？」

「我很愛他，今後的人生我都想和他在一起。」雖然很對不起三郎，但我也沒有其他方法，為了讓家人能早日接受三郎，我還貼心地向他們介紹三郎的家世。

他從小就是個相貌醜陋的人，所以連母親都不願意承認他的存在，他靠著奇怪的行業維生，過著收入極不穩定的生活，但是他很溫柔，也很尊重我的意願，唯一的缺點就是太軟弱了。

「宛真，我希望妳不是為了氣我們才故意找上這種男人。」母親紅著雙眼說。

「不是喔，我愛他。」我知道父親一定很希望家裡的香火能傳承下去，所以當初冠宇的出生讓他高興極了，好像過去的錯誤都一筆勾銷似地，不過那也不就是個孩子嘛，只是想要有子孫，那我也辦得到。

為了迎合父親的願望，我說道：「所以希望能懷上他的孩子是我的願望。」

即使心理懷疑是否真的有人會說出這種話，畢竟這簡直就像是否定了人生剩餘的可能性一樣，但此時的我想必臉上依舊洋溢著幸福的微笑。

然後，我被搧了巴掌。

疼痛感遲了些才傳來，可是我無暇顧及。記憶中的宛真大概也不是會因為這點痛覺而哇哇大哭的人。

因為我是個心思細膩、自尊心高又怕麻煩的人。

反而是母親像個孩子一樣，哭了起來，我又看向父親，他沉著臉，兩行淚從他臉上流下。

「我吃飽了。」我說。

弟弟出聲叫住準備回房間的我，但就只是叫了聲，他不知如何開口。

我很同情被兩個淚流滿面的大人包圍著的弟弟，便告訴他不用強迫自己繼續演下去了，大家還是保持原本的樣子就好，否則我所飾演的宛真就沒有存在的意義。

那天，我洗了舒服的熱水澡，躺在宛真的床舖上，遲遲無法入眠，或許是還未習慣新床墊的感覺，只要閉上眼，腦海中就浮現父母親哭泣的樣子。

這大概是我第一次見到他們因為我而哭泣。

3

隔天早晨，家人都回復成宛真記憶中的樣子，我與父母沒有任何交談，只有弟弟會找機會向我搭話，不過和過去還是有所不同，今天早上我有吃到媽媽準備的早餐。

冠宇說想和我一起上學，由於這只是工作，所以我不能像宛真一樣到學校去，但身為一個好姊姊，送弟弟上學還是辦得到的。

冠宇還不習慣姊姊和他一同走在路上的感覺，看起來很不自在，明明宛真以前也常像這樣陪在他身旁呀。

走著，才發現他沒跟上來。我回頭看，他正站在原地，低著頭。

「對不起。」他說。
「對不起什麼呢？」
「很多事情都對不起。我裝病的事，還有其他好多事情，我都覺得很抱歉。」
「那不是你的錯。」我說：「我也很怕英文，今天換作是我，大概也會翹掉模擬考。」
其實不是「大概」，而是「一定」，可是我是個好學生，不能把真相說出來。
「但是因為我翹課的事，姊姊的話劇……」
「都過去了呀。」
「我真的不知道結果會是這樣，還有爸媽……他們錯了，其實我一直都知道，只是不敢說。」
他繼續說道。
「可是這對妳很不公平，妳……妳沒有錯，就算妳真的喜歡那個男人，我也會祝福妳。因為當初也是多虧姊姊妳……因為姊姊也支持我。」
「我沒有幫上什麼忙。」
「所以我也會站在姊姊這邊，如果、如果姊姊真的討厭爸媽，我……我也會……」
他沒能說出口。
這對冠宇而言太難了。
「請不要討厭他們，你知道他們是最愛你的。」我走到他面前，輕輕拍了拍他的頭。
「姊姊……」
我牽起他的手，我不知道像他這樣十四歲的少年會不會因此感到害羞，只是我突然想起了三郎，想到牽著他的手總是能讓我安心，單純基於這個理由，我也牽起了冠宇的手。
「姊姊……」她仍在喚著宛真。「不要再演了……求求妳，回來吧。」
那聲音像是在耳邊低語著，綿密但卻很脆弱。
我再度停下腳步，感覺到自己的心跳也在不自覺間加快。
淚水落在冠宇的球鞋上，不知何時他的雙眼已被淚水潤濕。
無論我告訴他多少次，我一點都不怪他，他還是不停搖著頭，拼命否定我所說的一切。
沒有辦法，我只能抱著他，等他哭完，或許就會願意跟我一起走了。
直到分手前，他還是一直向我道歉，我告訴他不能頂著一張哭花了的臉進教室，所以我們在學校外頭的長板凳上又坐了一會兒，那時已經沒有學生了。
「姊姊其實是個很常遲到的人。」他說。
送冠宇上學後，是一段漫長的自由時間，設定上這段時間宛真會待在學校，所以我可以像三郎以前工作一樣，偷偷溜回家。
出門前我還帶著三郎家的鑰匙，雖然離宛真家有點距離，但是來回只要靠公車就好，很方便。
我搭上公車，因為已經過了上學時間，所以穿著制服會引來一些好奇的目光，尤其公車沿途的路線上沒有經過學校，上車時司機還特地跟我說：「妹妹妳是不是搭錯車了？」
這半年多和三郎一起外出時從來沒有注意過別人的視線，可能是因為他們都把焦點放在三郎的臉上吧！結果現在我卻有點介意選在錯誤的時間在外遊蕩。
越想著越覺得不自在，我加快腳步，最後一路跑到三郎家門口。

我敲了敲門，裡面沒有回應，只好擅自用鑰匙打開。

房間裡空無一人，早知如此我應該先傳訊息告訴三郎我白天會回來的。

我想不如就在他房間等他算了，我走到三郎的床鋪，想找機會補眠，腳邊卻踢到東西。

是我的行李袋。

我沒有帶上它，因為我相信我還會回來。

心中瀰漫著不祥的預感，我把行李袋打開，果然我的衣物和衛生用品都塞在裡面。

我突然覺得莫名憤怒，並不是因為三郎擅自動我東西，畢竟一直以來我也不會在乎……所以我根本不明白自己到底為何而生氣。

我把衣櫃打開，原本放著我的衣服的那一層已經空了，所有衣服都一件不剩地被放到行李箱裡，包含那些搬進三郎家後他和我一起去買的衣服。

我不再多想，把那些衣服全數從行李袋裡拿出，再將它們重新摺好——就像三郎每次整理的那樣——放回屬於我的那層衣櫃。

我把牙刷放回浴室的水杯裡，還有毛巾和洗面乳，全部都回到它們原本的位置上。

費了點功夫才把一切回復原狀，我累得躺在三郎的床上，床單沒有換，也還沒有洗，這或許是我唯一能稍稍感到慰藉的地方。

在那睡了一覺，直到晚霞，我才明白今天三郎都不會出現了。

我拿出手機，傳了生氣的貼圖給他，可是直到我離開他的房間，他都沒有讀訊息。

最後我搭回程的公車回去，那時正值下班時間，人潮最擁擠的時候，帶小孩放學的父親、女大學生還有穿著體面的中年人，他們都在自己的位子上，想著或說著只有自己或彼此聽得懂的話題，我的眼皮沉甸甸的，即使睡了一個下午仍然覺得沒睡飽，他們如一團模糊的影子，上下車時與我擦肩而過，而我只能讓吊環勉強支撐著我的體重，好不讓人流把我沖到仍散著熱氣的柏油路面。

我回家了，一路上想著那齣戲的台詞，想著我曾穿著那套禮服，最後墜樓而死的一幕。如果我是宛真，我或許不該在這個時間回家，我和冠宇的返家時間一直都是交錯著的，今天是我補習的日子，也是媽媽會親自下廚給弟弟的日子。

不過我也無處可去，三郎是不會准許我丟下工作臨陣脫逃的，到頭來我能回的還是只有那個家。

爸爸站在玄關，從他的表情還是很難看出他的情緒，面對我時他好像永遠都是這副容貌，那是一年四季三百六十五天永遠對我存在的某種不滿，抑或是不安。

「來吃飯吧。」他說。

我跟著他，想起剛才忘了喊「我回來了」。但也無所謂，真正的宛真從來都沒這麼做過。

晚餐是通心粉，鋪滿了起司，單調容易膩口，卻是我喜歡的組合。即使不幸把起司吃完了也沒關係，再鋪上新的一層就好了，起司會無可救藥地不停融化在通心粉中。我什麼都不需要思考，只要吃著通心粉就好。

「今天還好嗎？」

媽媽問我，現在她的表情是憂傷的，雖然和我說話時，她常常都是這副模樣。

「還好。我回去那個人家裡了。」

很痛苦吧。從我看見你們不約而同地放下手中的餐具就知道了，不管你們多麼想裝作自然的樣子都沒辦法，我想我是個心思細膩的人，肯定是看得出來的。
「能不能不要再去他那裡了？」爸爸問。
「沒辦法。」我說。
「能不能明天以後也繼續留下來。」
「沒辦法。」我說。
「如果只是要錢的話也沒關係……」我聽見爸爸碎唸著。
他不知道對三郎而言錢已經沒用了。
我對這個男人感到失望，他的表情以及那些我難以理解的行為舉止，總是能在我身上留下鮮銳的痛楚。
晚餐結束後，冠宇到我的房間，這次他提前敲了敲門，我這才知道一直以來他其實都有把我的話放在心上。
「妳明天能不能不要走？」他說：「我已經說服爸爸了，我告訴他只要付錢就能讓妳留下來。」
他們是感情深厚的父子，所以想法也很相近。三郎沒有跟我收過仲介費，所以冠宇不知道他提前支付的那筆錢已經被我帶回來了。
「這不是錢的問題。」我把他存下來雇用我的錢還給他，並說道：「那個人只剩下不到半年了，我想在他死前陪在他身邊。」
冠宇看起來很吃驚，他口中呢喃著，又問我三郎是得了什麼病。
我雖然喜歡演戲，但是不擅長說謊，演戲和說謊是不一樣的，完全不一樣也毫無相似之處，我如實告訴他三郎的癌細胞已經擴散到全身，沒救了。

「等他死了，我就會回來，畢竟這裡是我的家，我也無處可去。」我說。

他點點頭。「如果是這樣，那我能理解姊姊的想法。」

「不理解也沒關係。就算是家人，要想互相理解也是不可能的。」

但是我仍然感謝他能尊重我的想法。

「是嗎？」他低著頭問。

「因為我也不明白，爸媽所流的淚到底是為了我還是為了你而流的。」

爸媽為冠宇流過很多次淚，他在學校受了委屈或是生病，好幾次媽媽都哭出來了，而爸爸也露出悲傷的樣子陪在媽媽身邊。

除了昨天——

直到現在，我都害怕相信著他們的眼淚是為我而流，一旦輕易接受了，伴隨的失望也會更大。

我答應冠宇，給我一點時間，我會回來的，他看起來很無奈，甚至有些誇張地絕望，我只能笑著告訴他，所謂家人，本來就是這麼無奈的事。

4

隔天早上的飯桌，我和冠宇吃著玉米片，爸爸就坐在我們倆的對面，喝著咖啡。

好幾次他想開口，但是都放棄了。

「我聽冠宇說了，妳和那樣的人在一起，是不會有未來的。」

我看向冠宇，他的嘴型彷彿正在說「對不起」。

「就算妳真的愛著那個男人，我也不可能讓女兒的幸福葬送在一個死人的手裡。」

「我的幸福呀……」

這幾個字可不曾被他提起過呢。

「養妳十幾年，可不是要妳這樣糟蹋自己的……」

爸爸說話時，也未看著我，或許看著我會讓他一個字也說不出來，可能我這張臉生來就讓他難以面對吧。

「那是為了什麼？」我問。

我並不期望是多麼動人的答案，畢竟我不是冠宇，但至少，身為父親的他至少該想出一個讓女兒出世的理由吧。就算是臨時想出來的藉口也無所謂，我不希望我的生命只是任由兩個年輕人縱慾之後產生的後果，更不希望冠宇的存在是為了彌補我作為女兒的遺憾。

可是那個男人什麼也沒說。

他又喝了口咖啡，一句話也說不出來。

透徹心骨的寒意自我背脊傳來，從一開始我就不該對他抱任何期待。

我再次在心底告訴自己，我是為了飾演那個半年前逃走的女孩而來到這個家的，比起宛真，我更希望能做為小真活下去。

「宛真，」

母親叫著我的名字。

「宛真，你爸爸他不是那個意思，你要相信他，這幾天他也很痛苦。」
「因為要面對我，很痛苦吧？」
「姊！」
我終於能明白三郎為什麼會因為半張臉被燒傷而感到高興了，這麼一來，他的母親便不必再看到原本烙在兒子臉上的醜陋印記，因為如今那燒傷的印痕是兒子自找的，而不是母親給予的。
不過我並不像他那般懦弱，我可從來不會覺得自己做為一個讓父母親失望的女兒是什麼罪過。
我感到頭暈目眩，視線也變得模糊，最後爸爸什麼都沒說，當我回過神來時，他和冠宇已經出門了，而我正待在房裡，躺在自己的床舖上。
一切很快就過去了，今天是我工作的最後一天，今天晚上，三郎就會來接我回去。我的胸口一直有著無法喘息的疼痛感，從我來到這個家的第一天起便是如此，於是我只能想著三郎，期待他能盡快來帶走我。
就算他只剩下半年的壽命也沒關係，至少我還能在最後與他度過值得開心的日子，對比這十幾年來不曾變過的家，已經夠了。
他會來的。
我拿出手機，他仍沒有讀我的訊息。
但我還是相信他會來的，他是很敬業的人，不會做出違背合約的事，既然合約上簽署三天，那他一定會在今晚出現。
我把上次沒能帶走的東西整理整理，這次不用走得匆忙，雖然半年過去還是得厚臉皮回到這——

這是我和三郎還有冠宇約定好的，到那時我也十八歲了，第一件事就是去考駕照。這幾個月賺的錢，付了給三郎的房租還剩下不少，買部機車不是問題。

現在的我只要等待就好。

臨行前的一分一秒都過得緩慢，我想我到現在都可悲地對這個家存有一點依戀，但我不知道是想起了家人還是這個家本身的存在。

爸爸和冠宇陸續回家了，今天冠宇沒有補習，他們也沒有一道回來。我仍待在房間裡，等著他。門外傳來門鈴聲，我立刻打開房門，卻被媽媽擋在門口。

爸爸和冠宇站在玄關，他們替三郎開了門，三郎沒有化妝，冷冷地看著那兩人。

「我……我已經報警了。」爸爸的聲音在顫抖。「我告訴他們，這裡有個會對未成年少女出手的人渣。」

三郎一瞬間好像不明白發生了什麼事，但很快便掌握狀況說道：「我先申明，我可沒有強迫她呀……」

他朝屋內喊道：「小真，工作已經結束了，我來接妳回去了。」

「宛真別去！」媽媽想抱緊我，但撲了空，我從她的腋下鑽了出去。

爸爸和冠宇來不及阻止我，我衝向三郎，撲到他懷裡。我的臉貼向他的胸膛，聽著他的心跳，抱緊了那雖然貧瘠卻能讓我安心的身體。

「宛真……」

我聽見爸爸和冠宇的哀鳴。

「我以為你不會來了。」

三郎撫著我的頭，說道：「抱歉，我來晚了。」

「宛真，不能相信那個男人，他是在騙妳，他只是想要妳的身體，他一點都不愛妳！」

我鬆開手，望向爸爸，他的面容扭曲，眼淚撲簌簌地從臉上滑落。

三郎不是這種人……但是，當我再次面對三郎時，卻發現他嘴角勾勒出了輕浮的微笑。

我不懂他為什麼要笑。

我的胸口更痛了。

「大叔，趁警察來之前還是快走吧。」其實我心底還是不相信爸爸會報警的，我失蹤了半年，他沒想過要報警，那又怎麼可能會選在這時候把我這個家醜告訴給外人呢？

「東西都帶上了？」

「不、不要走，宛真……我對不起妳，是我錯了……都是我不好，是爸爸錯了……」

爸爸連滾帶爬地到我腳邊，他抓著我的腿不放，我覺得他那樣子很可悲，那股蟄伏在我心中，無法形容的苦處，越發地劇烈。

我想，這大概也是第一次爸爸向我道歉。雖然他什麼也沒做錯，可能，他是真的愛我的，就真的只是與對冠宇那份愛情相比，微不足道罷了。

他伸出手，想把我和三郎分開，三郎推了他一把，他跌倒，撞到一旁的鞋櫃，他發出哀號，口裡混著穢言。

他拿起倒下的花瓶，往三郎砸去，三郎伸出手阻擋，花瓶打到他的左手，碎了開來，碎片劃破三郎的手指流了血，但是三郎像是感覺不到疼痛似地，再度把爸爸推開。

他們扭打在一起，我和冠宇還有媽媽都不知道該如何阻止兩人，三郎挨了好幾拳，但父親的臉上也混著眼淚與血沫。我覺得雙腿無法再支持自己的重量，癱軟了下去。

我希望三郎帶走我，卻不希望他勝出。

每次爸爸被三郎推倒在地上，我都希望他能爬起來，我好害怕他就這麼倒下，讓我一個人離開。

我不明白我為什麼有這樣的想法，甚至有些憎恨這樣的自己，於是淚水也充盈了眼眶。

明明全身上下都被疼痛折磨著，三郎依然維持著木然的表情，他鄙視般地瞪著跪在地上的爸爸，又笑著對我說：「我們回家吧。」

爸爸不想放棄，好幾次他吃力地想撐起身子，但雙膝不聽使喚地，跪在那個他恨之入骨的男人面前。

爸爸輸了……

我知道他不再有任何能力阻止我，雖然只有半年，但我還是獲得了自由。

可是我的心還是好痛，甚至比起剛才任何一個時刻更痛了。

「小真，來吧。」

三郎朝我伸出手，那是我聽過他最輕柔的聲音。

我緩緩地伸出手，我該牽住他的，而且牽了，就一輩子都別放開。

但是我猶豫了。

「宛真，回來……不要走，爸爸求求妳。」

爸爸跪在地上，像個孩子般哇哇大哭，脆弱又無助，儘管那是個成熟男性的身體，卻只是個容器，此刻的他——不，或許他從以前到現在，從未真正地從男孩蛻變成男人。

所以他仍像冠宇一樣，像個從未體貼過他人的孩子、活在自我價值中心的孩子，一次又一次傷我的心。只無奈他是個父親，他的想法必須感染了母親，我回頭，看見哭喊著的父親，以及掩面哭泣的母親，我同情那個男人，也同情那個女人。

「走吧，宛真。別被他們騙了。」三郎說。

「我……」

我還在猶豫。

「如果他們真的愛妳，從一開始妳就沒必要離開這個家。父母親這種存在並不代表他們非愛著妳不可，他們生下妳可從沒想過要肩負起什麼樣的責任，只要妳在他們心中不過是個殘次品，那妳一輩子都別想得到他們的關愛。」

三郎彷彿源自內心深處地吶喊著。

我才不是殘次品……

此時的父親，整個人跪了下來，他的頭壓在地板上，正哭著向三郎哀求。「別帶走我女兒，放過他吧……不管要我做什麼都可以，求求你別帶走他，小孩子是無辜的……」

這男人果然跟孩子一樣。

無法用暴力解決，就轉而乞求對方的原諒，好像剛才那場爭執不存在似地、好像嚎啕大哭一切就能如他的意般……

那是身為，不，扮演父親這個角色的他不曾在家人面前顯露的一面，最窩囊的一面。

懦弱到我連看著他的勇氣都沒有，只要看著爸爸向外人哭喊、乞憐就讓我痛苦不堪。我不想見到他這樣子。

「爸爸……」

我輕喊出聲。

他哭慘了，話語在他口中含糊不清，依稀只能聽見他也呼喊著我的名字。

宛真。

宛真啊……

「小真，該走了。」

三郎抓住我的手臂，我下意識地甩開了他的手。

「小真……？」

「大叔，我……」

我不知道。

我不知道該怎麼辦才好。

爸爸仍跪在三郎面前，求他放過我，他像隻蟲子，卑微地爬到三郎腳邊，抓著他的腿，不讓他離開。

遠方傳來警車的鳴笛聲。

「大叔，快走吧。」

一瞬間，三郎對我露出了笑容。

而我只是平靜地來到爸爸身邊，緊擁著他。

他不間斷地呢喃著我的名字，甚至沒注意到我就在他身邊，我閉上眼睛，聽著他的哭聲也聽著我的名字。

我不明白我這樣做是不是對的，甚至看見如此怯懦的父親我還感到生氣，但我究竟是在氣什麼呢？氣他第一次向我道歉、氣我自己做得太過火了，還是氣三郎的出現惹哭了我的家人呢……我閉上眼睛，無法再思考。

爸爸確實報警了，當巡警趕來我們家時，三郎已經離開了。

兩名警察看到父母親像個孩子般倒在地上哭泣的樣子顯得一頭霧水。冠宇帶著臉上的淚痕，向警察解釋這場鬧劇，他沒提到三郎，只說了都是因為他的錯，才害我和爸媽吵架。

「家家有本難念的經嘛，沒什麼事就好。」警察露出苦笑，他看著緊擁著我的爸爸和媽媽，原本緊張的神情也緩和了下來。我想在他的職涯中，類似的情況早就看過成千上萬遍了。

我的視線透過那兩名警察，看向敞開的家門，夜色裡的冷風夾帶著落葉捲進玄關，幾分鐘前三郎還站在那裡。

回想過去總是被三郎批評工作不認真、扮演的角色只是具空殼，今天我才篤定他根本沒資格說我。

我閉上眼，抱緊了父母親，這或許是第一次我對於待在這個家而感到安心。

終章・扮演家人的他們

探望完老婆婆後，意味著我最後一件工作結束了。我已經和三郎不再有任何關係，生命僅剩最後幾個月的他與生活逐漸重回正軌的我，最後還是得走上陌路。

「我還有好幾件衣服放在你家，我先跟你回去吧。」我說。

我和他搭上計程車，準備返回他的住處。

三郎向我問了學校的事，我告訴他一切都很普通，就算我消失了半年同學也沒什麼太大的反應，可能對他們來說我一副就是會翹家的樣子，至於老師那邊則是有父母幫忙擺平。

「就是課業比較麻煩，明年就要考試了，不努力趕進度不行。」

「以後要考什麼？藝校嗎？」

我反問他為什麼是藝校，他笑著說不讀藝校的話這半年多的磨練就太浪費了。

的確，這半年來，我和他闖入了好幾個家庭，自以為是地替他們填補那破碎的一角……

不過，那都過去了。

我告訴他我想以外文系為目標，他又笑了，還笑得很開心，說那一點都不適合我。

「因為英文老師很煩。」我只能如此向他解釋。

整趟車程，不論去程或回程，他都沒有提起我和家人的事，但是我看得出來他很在意，只好告訴他一切都會好轉的，只要給爸媽他們足夠的時間。

「只是，有件事我不太明白。」我說。

如果那天他來到我家上演的劇碼都是他策畫好的，那為什麼沒有把我的行李帶上呢？

如果……他真的希望我回家，就不該再讓我跟他見面了。

「商業機密。」

當他自己也無法解釋或不想解釋時就會這麼說，雖然我早就知道根本沒有什麼機密。

我看著外頭的景色，來往的行車與路燈一一從視野中閃過，直到現在我都忍耐著，還未從舞台上退場。

我們下了車，回到三郎的公寓，仍是我熟悉的房間。

我跨過放在櫥櫃旁的行李袋，逕自在他的床上坐下。

他苦笑著，但是並沒有阻止我。

「你還剩多久？」

「三個月嗎？我不知道，可能明天就不在了。」他那口吻就好像是在說某個遠房親戚的事。「我盡量不去想這個問題。」

「這樣不可能撐得到我生日吧。」

生日那天，我離開家裡，雖然不過是幾個月前發生的事，卻像是很久遠的記憶。後來三郎曾答應我，能陪我一起慶祝第一次過生日，那時的他大概就沒想過能兌現承諾吧。

「唉，我這人真是靠不住。」

我調整了一下制服裙，平躺在三郎的床上，拍了拍我旁的位置說：「現在要補償還來得及。」

他楞在原地，每次他以為我在調戲他時就會像個孩子般不知所措。

「躺著就好。什麼都不用做，躺在我旁邊就行。」

三郎照做，就躺在我身旁，但雙手卻放在胸前動都不敢動。

我抓住他的手臂，把它移到到我的後腦勺那。三郎不明白我這麼做的意思，只是任我隨意擺佈。

「我很喜歡睡覺。」

我說。

「因為我的記憶力很差，大多不愉快的事情睡一覺起來就忘了，所以我平常沒事就會睡覺。」

「是嗎？我第一次聽妳說呢。」

「那是因為跟你在一起，不會有什麼事情想忘記。」

他沒有回話，我們也只是平靜地望著天花板，那是棟會漏水的老公寓，天花板上還結著茶色的陳年水漬。

「我一直想試試看，躺在別人的手臂上是什麼感覺。」

「是什麼感覺？」

「我不知道。」我說：「其實沒有想像中舒服，可能是因為這隻手太瘦了。」

我想此時的三郎可能體重比我還要輕，有種只要風一吹來——不用太強，稍微足以捲起落葉的風吹來——就足以像捲起棉被般，把他帶走的感覺。

「抱歉。」他說。

「不過，我很高興，很高興我枕著的這隻手臂，是你的手。」

這樣就好。

如果我告訴他，希望他能抱緊我他肯定不會同意。我們並不是那種關係，大概也沒有那類感情存在。

他唯一一次抱過我，是在發現自己的生命剩下不到半年，那時他哭了，哭得很慘，只是當時的我不知道他為何而哭。

這是最後一晚了，不過連一晚都說不上，我只是趁著最後一次機會，與他相處的最後幾小時，想再貪圖些從他身上獲取的溫暖。

我捨不得就此睡去，三郎也是，我聽見他微弱的呼吸聲，還有心跳。我們只是躺著，看著天花板的水漬，一句話也沒說。

沒有人願意開口，開口的那方就得承擔促使我們分別的罪，一直以來我都不願當壞人，但我想自從我決定留在爸媽身邊的當下，我就已經傷害過三郎了。

他翻了個身，拿起扔在桌上的手機，告訴我該走了。

「會趕不上捷運末班車。」

「已經這麼晚了，好像也無所謂了。」我說。

他開玩笑地說不想再惹麻煩，萬一吃上官司他可能等不到出庭。

「白癡。」我拍了一下他的頭。

他提著我的行李袋，和我走到捷運站去。

那時路上已經很冷清了，大多店鋪也早已拉下鐵門，此時除了夜歸的上班族還會拖著疲憊的身軀走在路上，大概就是嘻笑著與我們擦肩而過的大學生了。

「上大學後，可不要像他們一樣。」三郎說。

「你會擔心嗎？」

「超級擔心的。」

「算了吧，你以為你是誰呀。」

那齣戲早就結束了。

我們走到捷運站，雖然三郎沒有要搭車，但還是陪我過了剪票口。

上一班車剛走，我稍稍感到慶幸。

我和他站在月台前，整個月台只剩下我們，抬起頭，電視裡正播著地方政府的觀光宣傳影片。

「早知道就別工作，去遊山玩水了。」我說。

「以後還有很多機會嘛。」

我把手伸進口袋，也覺得是時候把它交給三郎了。

「大叔。」

「嗯？」

我攤開手心，一塊小巧的玉珮平穩地躺在上頭。

「這是你的吧。」

我說：「這是那位老婆婆偷偷交給我的。」

三郎說過，他的母親原本有兩塊玉要給兩個孩子，可是他的二哥還未出生就夭折了，所以最後只有他大哥拿到那塊玉。做為母親的第三個孩子，三郎從沒有聽母親提起過，還是由他大哥轉述才知道這件事。

「你媽媽她並沒有失智，她的眼睛也很好。那時候我不小心把書包弄倒了，裡面的東西灑了一地，不過婆婆她卻知道我原本在看的是哪本書……」

三郎不發一語地看著我。

「所以我想婆婆她的身體還很健康，既然如此，你應該要化妝的……如果你真的是要代替某人探望母親，為了不被認出來，你應該要化妝的……」

我不知道自己有沒有資格說這番話，可是我希望三郎幸福，至少對這個不幸了一輩子的人，能在最後賜予他一點值得開心的理由。

「雖然遲了好久，可是我想你的母親一定是愛著你的，她只是……只是不知道怎麼開口，不知道如何才能親自交給你，所以、所以她才會把這塊玉交給我……」

我覺得很難受，幾乎感到窒息，直到三郎將我輕輕摟進懷裡。

「小真，希望妳可以代替我收下它。」

他說。

「我已經很幸福了，比任何人都還要幸運。能認識妳，是我這一生最幸福的事。」

捷運的警示燈亮了，此時的我已泣不成聲，我感受著三郎的體溫以及心跳，我不想鬆手，不想離開他。

列車進站，車廂門開了。

「你不要再故意不讀我的訊息，不管接下來怎麼樣，我都還想聽到你的聲音。」我抓著他的衣袖，但感覺得到他正把我推開。

「一定會的。」

不……你一定不會再走入我的生活了，從我離開你那天，你就下定決心了。

如蜂鳴刺耳的聲音響起，這是最後一班車了。

他和我走入車廂，再一個人離開。他站在月台上，向我揮手，臉上仍掛著笑容。

「三郎。」

我喊出他的名字，但車廂門已關閉。

捷運駛動了，他仍站在原地，很快，我就看不見他了。

我在空無一人的車廂中呼喊他的名字，窗外已是一片漆黑，只能聽見列車行經軌道所發出的隆隆巨響。

那是我最後一次見到三郎。

（Fin）

要青春64　PG2392

要有光
FIAT LUX

回憶暫存事務所

作　　者	八千子
責任編輯	喬齊安
圖文排版	林宛榆
封面插畫	CLEA
封面完稿	王嵩賀

出版策劃	要有光
發 行 人	宋政坤
法律顧問	毛國樑　律師
印製發行	秀威資訊科技股份有限公司 114台北市內湖區瑞光路76巷65號1樓 電話：+886-2-2796-3638　傳真：+886-2-2796-1377 http://www.showwe.com.tw
劃撥帳號	19563868　戶名：秀威資訊科技股份有限公司 讀者服務信箱：service@showwe.com.tw
展售門市	國家書店（松江門市） 104台北市中山區松江路209號1樓 電話：+886-2-2518-0207　傳真：+886-2-2518-0778
網路訂購	秀威網路書店：https://store.showwe.tw 國家網路書店：https://www.govbooks.com.tw
總 經 銷	聯合發行股份有限公司 231新北市新店區寶橋路235巷6弄6號4F 電話：+886-2-2917-8022　傳真：+886-2-2915-6275

出版日期	2020年1月　BOD一版
定　　價	320元

Printed in Taiwan

國家圖書館出版品預行編目

回憶暫存事務所 / 八千子著. -- 一版. -- 臺北
市 : 要有光, 2020.01
面 ;　公分. -- (要青春 ; 64)
BOD版
ISBN 978-986-6992-39-1(平裝)

863.57　　108023075

讀者回函卡

感謝您購買本書，為提升服務品質，請填妥以下資料，將讀者回函卡直接寄回或傳真本公司，收到您的寶貴意見後，我們會收藏記錄及檢討，謝謝！

如您需要了解本公司最新出版書目、購書優惠或企劃活動，歡迎您上網查詢或下載相關資料：http:// www.showwe.com.tw

您購買的書名：________________________________

出生日期：________年________月________日

學歷：□高中（含）以下　□大專　□研究所（含）以上

職業：□製造業　□金融業　□資訊業　□軍警　□傳播業　□自由業

□服務業　□公務員　□教職　□學生　□家管　□其它____

購書地點：□網路書店　□實體書店　□書展　□郵購　□贈閱　□其他

您從何得知本書的消息？

□網路書店　□實體書店　□網路搜尋　□電子報　□書訊　□雜誌

□傳播媒體　□親友推薦　□網站推薦　□部落格　□其他________

您對本書的評價：（請填代號　1.非常滿意　2.滿意　3.尚可　4.再改進）

封面設計____　版面編排____　內容____　文／譯筆____　價格____

讀完書後您覺得：

□很有收穫　□有收穫　□收穫不多　□沒收穫

對我們的建議：________________________________

____

____

____

請貼
郵票

11466
台北市內湖區瑞光路 76 巷 65 號 1 樓

秀威資訊科技股份有限公司 收

BOD 數位出版事業部

（請沿線對折寄回，謝謝！）

姓　　名：＿＿＿＿＿＿＿＿　年齡：＿＿＿＿　性別：□女　□男

郵遞區號：□□□□□

地　　址：＿＿＿＿＿＿＿＿＿＿＿＿＿＿＿＿＿＿＿＿

聯絡電話：(日) ＿＿＿＿＿＿＿＿＿＿ (夜) ＿＿＿＿＿＿＿＿＿＿

E-mail：＿＿＿＿＿＿＿＿＿＿＿＿＿＿＿＿＿＿＿＿